Lectu...

Un Empleado Ejemplar

NIVEL AVANZADO

Florentino Paredes García

Equipo de la Universidad de Alcalá
Dirección: María Ángeles Álvarez Martínez

Programación: María Ángeles Álvarez Martínez
　　　　　　　Ana Blanco Canales
　　　　　　　María Jesús Torrens Álvarez

Autor: Florentino Paredes García

© Del texto: Alcalingua, S. R. L.,
　　　　　　　Universidad de Alcalá, 2001
© De los dibujos: Grupo Anaya, S. A., 2001
© De esta edición: Grupo Anaya, S. A., 2001
　　Juan Ignacio Luca de Tena, 15 - 28027 Madrid

Depósito legal: M-35.132-2007
ISBN: 978-84-667-0601-8
Printed in Spain
Imprime: Huertas Industrias Gráficas, S.A.

Equipo editorial
Edición: Milagros Bodas, Sonia de Pedro
Ilustración: El Gancho (Tomás Hijo, José Zazo y
　　　　　　 Alberto Pieruz)
Cubiertas: Taller Universo: M. Á. Pacheco, J. Serrano
Diseño de interiores: Ángel Guerrero

Reservados todos los derechos. El contenido de esta obra está protegido por la Ley, que establece penas de prisión y/o multas, además de las correspondientes indemnizaciones por daños y perjuicios, para quienes reprodujeren, plagiaren, distribuyeren o comunicaren públicamente, en todo o en parte, una obra literaria, artística o científica, o su transformación, interpretación o ejecución artística fijada en cualquier tipo de soporte o comunicada a través de cualquier medio, sin la preceptiva autorización.

Índice

CAPÍTULO 1
Tras la ventanilla 5

CAPÍTULO 2
El encuentro 12

CAPÍTULO 3
Recuerdos 19

CAPÍTULO 4
Un vaivén de sentimientos 27

CAPÍTULO 5
El placer de convivir 35

CAPÍTULO 6
En acción 44

CAPÍTULO 7
Todo a punto 52

CAPÍTULO 8
Imprevistos y sorpresas 60

CAPÍTULO 9
Un héroe 67

EJERCICIOS 75

CLAVES 89

APÉNDICE I: VOCABULARIO JERGAL O COLOQUIAL 99

APÉNDICE II: VOCABULARIO DE LA BANCA 101

1. Tras la ventanilla

La sonrisa de su cara se desdibujó, sin llegar a eliminarse del todo, a pesar de que el cliente al que acababa de atender se alejaba y le daba la espalda. Apenas había desaparecido de su campo de visión cuando un nuevo rostro sustituía al anterior delante de la ventanilla. Una mujer de cara redonda y arrugada reclamaba su atención desde el otro lado del cristal blindado.

–Buenos días, joven. Quería sacar dinero, pero me he dejado en casa la cartilla.

–No importa, señora. ¿Recuerda su número de cuenta?

–Huy, hijo, no. Menuda está ya mi memoria. ¡Como para acordarme de eso!

–Bien, veamos. ¿Me dice el nombre del titular de la libreta?

–¿Mi nombre? Andrea.

–Andrea qué más.

–Ramos Gómez.

–Dígame su número de carné, por favor.

–Ay, espera que lo saque... Esta memoria mía... Aquí lo tengo. Haz el favor de leerlo tú, que yo apenas lo puedo ver. ¡Qué desgracia volverse vieja!

Con la eterna sonrisa mecánica recogió el carné que la mujer le ofrecía. Tecleó los números en el ordenador.

–Muy bien. ¿Cuánto desea retirar?

–Noventa euros. Es que tengo que pagar el recibo de la comunidad y otros gastillos, ¿sabes? Ay, cada día está más cara la vida.

–Está bien. Firme aquí, en el impreso, por favor.

–Muchas gracias. Ay, hijo, qué amable eres. Y no sabes cómo te lo agradezco. La próxima vez que venga, quiero que me atiendas tú también, aunque tenga que esperar un poco más. A lo mejor son manías de vieja, pero qué le vamos a hacer.

–No se preocupe, señora. Sólo cumplo con mi deber. Estoy aquí para servirla.

La frase le sonó falsa una vez más, como siempre que la repetía últimamente. Pero era lo que había que decir. Además, no debía olvidarse de que él era "un empleado ejemplar". Eso era lo que todos repetían. Eran las palabras del director de la oficina, las del subdirector y las del gerente. "Un empleado ejemplar". Era la opinión de su compañera de ventanilla, y la del apoderado, y la de los administrativos; hasta la del guardia de seguridad. No en vano había sido nombrado por la empresa "Trabajador del mes".

–Gómez, cuando termine los apuntes de bolsa, tiene usted pendientes los recibos de las comunidades de vecinos del 10 de la calle Sorolla y las nóminas de Interprisa. Y no olvide el cierre del ejercicio trimestral.

–No, don Andrés. No lo he olvidado, descuide.

–Bien, bien. Ah, otra cosa, esta mañana los de arriba me han vuelto a pedir que trate de convencerlo para que acepte el ascenso en la sucursal que vamos a abrir el mes próximo. Ya sé que me ha dicho tres veces que no, pero quiero que recuerde el importante aumento económico que podría significar el nuevo puesto.

–Gracias, ya he dicho que no quiero moverme de aquí. Mi sitio estará siempre en este puesto, en esta ventanilla, frente a ese cajero automático.

–En fin, no acabo de entenderlo, pero... En cualquier caso, me encargaré personalmente de comunicarle cualquier otra propuesta que llegue, por si decide cambiar de idea. Entre tanto, continúe desarrollando su labor con la misma eficiencia. Es usted un orgullo para todos nosotros. Y enhorabuena otra vez por el nombramiento como empleado ejemplar.

El tono elogioso de las últimas palabras hizo que algo se removiese en su estómago y que lo invadiese un indefinible malestar. Notó también cómo las alabanzas del subdirector provocaban una sonrisa irónica en Laura, su compañera de ventanilla, pero no quiso darle importancia. Además, le pareció que en la actitud de Laura se escondía un poco de envidia y, tal vez, hasta de despecho. Por otro lado, ¿qué culpa tenía él de haberse convertido de la noche a la mañana en el centro de atención de la oficina? Bastante desgracia tenía.

–¿Para contratar un fondo de pensiones?

–Debe dirigirse a la mesa del final.

Él sabía que ya nada volvería a ser igual. Los cambios habían sucedido con demasiada rapidez y se había visto superado por la velocidad de los acontecimientos, sin posibilidad de asimilarlos. Lo cierto era que en cuestión de pocas semanas había pasado de ser el simple empleado del Banco de Nuevas Iniciativas, cuyo trabajo nunca está ni demasiado bien ni demasiado mal, a convertirse en una especie de héroe del sistema bancario. Había dejado de ser un empleado gris, cuyas relaciones con el resto de compañeros apenas iban más allá de los saludos de cortesía, y se había transformado en el centro de atención de jefes, compañeros y clientes. Durante las últimas semanas las conversaciones habían girado en torno a su persona, unas veces con admiración y otras, no se le ocultaba, con envidia.

No era para menos. El suceso había aparecido en los periódicos más importantes. Y, por supuesto, el periódico interno del banco le había dedicado un amplio y elogioso artículo, con multitud de fotos, en el que el periodista, en ese tono adulador y repleto de fórmulas que caracteriza a los malos redactores, destacaba "la valentía, la entrega, la generosidad, el sacrificio, la entereza con que nuestro compañero Ernesto Gómez Villaverde, sin reparar en el alto riesgo que su propia vida corría, ha afrontado una situación tan difícil como la vivida en la sucursal 2.256 de la calle Duquesa de Oria".

–¿Para abrir una cuenta nueva?

–¿Es usted ya cliente de esta entidad?

–No.

–Entonces, no se lo puedo resolver yo desde aquí. Debe dirigirse a la sección de Nuevos Clientes, al fondo. Allí la atenderán más rápida y cómodamente.

El artículo terminaba con aquella frase de manidos entusiasmos: "¡Que el ejemplo de nuestro compañero prenda en el ánimo de todos nosotros y sirva de estímulo y guía para todos los que prestamos servicio en esta empresa!". Y, sin embargo, él sabía que todo era una confusión, un error, un conjunto de desgraciados errores. Unos errores que ya sólo conocería él y que lo obligarían a cargar con el sentimiento de culpa durante el resto de su vida. Pero ¿qué otra cosa podía hacer ahora? Había que seguir viviendo. Tenía que continuar siendo el empleado que había sido hasta entonces, aunque ahora se llamase "empleado modelo" a lo que antes no era sino un empleado oscuro y triste.

–¿Puede ponerme al día la libreta, por favor?

La voz detrás de la ventanilla lo sacó bruscamente de sus pensamientos, pero la fuerza de la costumbre dibujó la eterna sonrisa en su cara e inmediatamente se hizo cargo de la situación.

–Ahora mismo se la actualizo.

–¿Podría decirme cuánto dinero hay?

–Tiene usted un saldo positivo de 1.489,24 €.

–¿Sólo? Debería haber más. ¿No me ha llegado una transferencia de 240 € el 29 del mes pasado?

–Veamos… No, señor. No ha venido ninguna en esa fecha.

–No puede ser. Necesitaba con urgencia ese dinero. ¿Está seguro?

–Sí, claro. Si quiere, puedo hacer una llamada para ver qué ha sucedido.

–No, no. Está bien, déjelo. Trataré yo mismo de averiguarlo. Muy amable.

Otro que le hablaba de su amabilidad. Pero no había sido más que una frase hecha. A este cliente sólo le preocupaba su dinero, un dinero que debía haber llegado y que no estaba. Le preocupaban 240 €. Una cantidad considerable. O insignificante, según se mire. Una cantidad que hacía tan sólo unas semanas había pasado de ser muy importante para él a no significar nada. ¿Pero por qué todo parecía confabularse para hacerle recordar unos sucesos que pretendía anular en su memoria?

–Desearía información sobre préstamos.

–¿Hipotecarios o personales?

–No sé. Es para comprar algo, un coche o algo, pero todavía no lo sé.

UN EMPLEADO EJEMPLAR

–Mi compañera de la mesa de la derecha lo atenderá con mucho gusto.

–Anda, ¿no es usted el que salió hace dos meses en el periódico? Claro, claro que es. ¡Qué suerte, con las ganas que tenía de conocerlo personalmente!

Volvió la vista con tristeza hacia el cajero automático colocado frente a su ventanilla. No podía soportarlo. No podía aguantar a este tipo de clientes que se acercaban hasta el banco con cualquier excusa, sólo para observarlo de cerca y para restregarle unas frases de admiración, con esa estúpida actitud de quien no tiene más objetivo en la vida que tropezar alguna vez con algún famoso o salir en un programa de televisión. Detestaba que los niños y los adolescentes lo señalaran con el dedo mientras le dirigían miradas de admiración. A la sensación de saberse observado, sensación que siempre le había molestado, se sumaba la certeza de que todos estaban equivocados, que nadie conocía la verdad de lo ocurrido y, posiblemente, nadie la conocería ya nunca.

Pero ya otra mujer se acercaba a la ventanilla. En fin, lo mejor sería concentrarse en el trabajo y olvidar. Olvidar que alguna vez hubo un encuentro. Que Lucía Alameda había existido. Por cierto, ¿no tenía Lucía el pelo del mismo color que la mujer que ahora estaba delante de él?

–Buenos días. Quisiera cobrar este cheque…

2. El encuentro

Vivía solo en un apartamento discreto alejado del centro de la ciudad. Siempre había sido una persona solitaria, en parte por timidez y en parte por una enfermiza desconfianza de la gente. Pero no se arrepentía, claro que no. Si en algún momento sintió la necesidad de buscar una pareja con la que compartir su vida, hacía tiempo que ese sentimiento había desaparecido. Incluso su madre, que tanto le había insistido, había terminado aceptando que su hijo nunca encontraría la mujer adecuada. Él se encontraba feliz así, claro que sí. Sólo en algunos momentos, de vez en cuando, echaba de menos la compañía de alguien con quien poder charlar, a quien invitar a tomar despacito un chocolate bien caliente, con quien pasear por las calles de la ciudad. Pero eso sucedía tan de tarde en tarde… Y además, ¿quién iba a estar dispuesto a soportar una vida tan rutinaria, tan monótona como la suya? ¿Quién podría aguantar a una persona tan gris, tan aburrida como él? Había pasado demasiado tiempo desde que se enamoró de una mujer, de una niña casi. Sólo una vez, y hacía siglos.

Había llenado su soledad con una confortable rutina, en la que no quedaba espacio para la sorpresa o el azar:

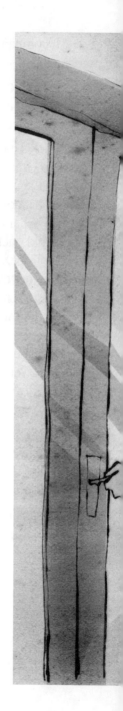

EL ENCUENTRO

a las siete, la ducha; a las siete y cuarto, el desayuno caliente con una tostada llena de mermelada; a las ocho menos cuarto, la salida de casa para subir al metro que lo dejaría en la puerta del banco cinco minutos antes de que el subdirector, a las ocho y media, abriese la puerta. Los demás momentos del día estaban igualmente regulados: a las tres menos cuarto, la comida en el restaurante, que remataba siempre con un café con leche bien cargado de azúcar; a las cinco, un paseo por las calles de la ciudad o, si llovía, por algún centro comercial; a las siete, el cine, y a la salida, antes de llegar a casa, una cena rápida en el bar de su calle. Ya en casa, siempre poco antes de las diez, el pijama, las zapatillas y la bata para dejar que cualquier programa del televisor lo adormeciese y lo obligase a meterse en la cama. La rutina diaria se complementaba con la de los fines de semana: el sábado por la mañana, una mínima compra para la semana y, por la tarde, visita a su madre, que aún vivía en el mismo barrio de la periferia, al otro lado de la ciudad, donde había transcurrido su infancia hasta que se marchó a estudiar como interno al instituto. Se quedaba a dormir esa noche en casa de su madre, charlando insustancialmente de lo sucedido en la semana, y al día siguiente regresaba a su apartamento después de comer para no salir ya en toda la tarde.

Llevaba una vida sin sobresaltos, una vida tan previsible, una vida tan sometida a la ley de los actos repetidos que soportaba cada vez de peor humor los pequeños cambios que inevitablemente alteraban sus costumbres. Lo malhumoraba tener que esperar unos minutos las raras veces en que el restaurante estaba lleno, o que no hubiese entradas para la sesión de cine que tenía proyectada, o que algún vecino hiciese ruido en la escalera mientras él estaba viendo un programa de televisión que le gustaba, o que alguien tardase demasiado en pagar su billete en la cola del metro. Cualquier mínimo detalle bastaba para que un sentimiento de malestar se asentase en su estómago, y que fuese creciendo a medida que avanzaba el día hasta establecerse definitivamente como un dolor intenso de cabeza que sólo desaparecería tras una noche de sueños agitados. Temía cualquier cambio en su vida tan controlada y evitaba, en lo posible, todo lo que pudiese romper ese delicado equilibrio en que había convertido su vida. No podía imaginarse siquiera su vida al lado de otra persona.

Pero aquella tarde, a la salida del cine, echaba de menos a alguien con quien poder charlar. Había visto una película de aventuras y acción y no le había gustado. La verdad es que cada día salía más descontento del cine. Le gustaban las películas de todo tipo, pero prefería las de acción y aventura, esas que lo absorbían y hacían que el tiempo y el mundo a su alrededor no contasen; las que le permitían la posibilidad de enfrentarse con los verdaderos peligros, los que surgen del riesgo de una decisión inmediata y urgente; las que le hacían vivir la vida intensa de la pasión y los celos, las que le hacían conocer las delicias del amor de una forma que el amor real nunca podría lograr. Le gustaba ese cine que hoy ya no se hace. Sólo Indiana Jones le hizo concebir esperanzas de que volvería de nuevo, pero hacía tanto que Indi había desaparecido de las pantallas... En el cine de acción de hoy todo era rutinariamente igual: un hombre-armario, en camiseta de tirantes, con el ceño eternamente fruncido y con los brazos y el cuello relucientes de aceite, se dedicaba durante la hora y media de la película a lanzar puñetazos, patadas, porrazos, trompadas, mamporros y toda clase de golpes contra cientos, miles de tipos vestidos de negro y con la cara manchada; y todo ello en un decorado permanentemente teñido de rojo por los inevitables fuegos, las explosiones y la sangre falsa. Siempre la misma historia, repetida, repetida. Además, parecía como si el presupuesto de las películas se hiciese teniendo en cuenta el número de muertos por metraje. ¿Cuántos muertos tiene su película? ¿Doscientos? Pues doscientos millones. ¿Mil? Pues mil millones. Y lo que no podía soportar eran los títulos: *Exterminador I, Exterminador II, Exterminador V, Exterminador XXVII,* como si en lugar de títulos fuesen esas pesadas listas de reyes antiguos que tanto odiaba en su estapa escolar.

–Oye, tío, danos algo para comer.

La proximidad de dos figuras que se le habían acercado por detrás lo sacó bruscamente de su ensimismamiento. Instintivamente apretó los puños en los bolsillos y aceleró el paso tratando de alcanzar una zona de la calle algo más iluminada.

–Tío, danos algo, que no hemos comido nada desde esta mañana. Veinte duros, o lo que sea. Anda, hombre.

La voz sonaba cargada de alcohol. Farfulló una excusa y trató de alejarse lo más rápidamente posible de la presencia de aquellas incómodas figuras, que insistían en aproximarse con pasos vacilantes. Se asustó al advertir en la mano que tendía la figura más corpulenta la cicatriz que recorría la parte interior de la muñeca. Tampoco contribuyó a tranquilizarlo la sucia mata de pelo castaño que divisó en la cabeza del otro personaje.

–Venga, hombre. Enróllate un poco. Anda, danos algo, que a ti te sobra. Si no pedimos más que unos euros para tomar algo caliente.

–Lo siento, no llevo nada suelto.

–Anda, tronco.

—Les he dicho que no llevo nada. Déjenme en paz, ¡contra!

Sintió un ligero alivio cuando notó que los dos bultos se detenían. Apretó el paso para alejarse de allí.

—¡Verde!

Como impulsado por un resorte, se giró hacia la voz que había gritado. ¡Verde! La palabra le había producido el mismo estremecimiento físico que provoca un chorro de agua fría sobre la piel cálida. ¿Cuántos años hacía que no escuchaba ese nombre? Con la instantaneidad de un disparo, el grito hizo que su pensamiento regresase a su infancia, al colegio, a los compañeros... Verde era la abreviación de su apellido, el apodo con que lo conocían en el colegio. Los profesores llamaban a los alumnos por el apellido y, si el primero era muy común, como sucedía con el suyo, se empleaba el segundo. Pero Villaverde resultaba demasiado largo, por lo que a alguien se le debió ocurrir esa forma más rápida y más inmediata. Madre mía, casi no se acordaba de ese nombre. ¡Había pasado tanto tiempo desde la última vez que alguien lo había llamado así!

Vio cómo el individuo del pelo sucio, que era quien había pronunciado el nombre, empujaba al otro, obligándolo a alejarse, mientras emitía unos sonidos ininteligibles. El hombre de la cicatriz se alejaba con desgana, volviéndose cada pocos pasos, tambaleándose en su marcha.

—Verde, ¿no me conoces? Soy yo, tío.

Se encontraban en una zona oscura de la calle, por lo que sólo divisaba un confuso bulto. Pero la voz que le llegaba desde la oscuridad no le resultaba del todo desconocida. Había algo familiar en ella, aunque su memoria no lograba relacionarla con el rostro al que pertenecía.

—Soy Ala. Lucía, Lucía Alameda. Jo, tío, qué potra.

No era posible. No podía ser. No podía tratarse de Lucía Alameda, la Lucía Alameda que él había conocido, su compañera en el colegio Príncipe de España durante los cuatro últimos años, la chica a la que él había puesto el nombre de Ala. Pero sí, ese rostro que ahora se le acercaba sonriente, aunque estaba un poco cambiado, era el mismo que lo miraba burlonamente cuando no era capaz de contestar a una pregunta del profesor de Historia, cuando se confundía al resolver un problema de matemáticas, cuando tropezaba al saltar en el gimnasio. Sí, no cabía duda, era ella. La chica más bonita de la clase. La más simpática del colegio. La chica que más corazones había partido entre sus compañeros. La que volvía locos a los chicos de dos cursos más abajo y a los de dos cursos por encima. Era Lucía Alameda. Era Ala. Su compañera de pupitre. Su amor de adolescencia. Su amor secreto.

—¿Tío, cómo te va?

—¿Pero eres tú? Dios mío, Ala, ¿cómo estás así?

—Tú sí que has cambiado, Verde. Quién te ha visto y quién te ve, tío. Se nota que la vida te va bien.

—Bueno, no me puedo quejar del todo.

—¿Y adónde vas? ¿A casa? Tío, Verde, enróllate un poco y déjame que me vaya contigo. Mira, tío, estoy en la calle y no tengo un duro.

—No sé. Tú, así, y hace tanto que no nos vemos...

—Venga, tío. ¿Ya no te acuerdas de mí? ¿Ya no te acuerdas de los colegas y de los buenos ratos que hemos pasado? Vamos, hombre, que para eso están los amigos.

—¡Contra!, es que...

—Sólo esta noche, te lo juro.

3. Recuerdos

—¿Sabes por qué te reconocí en la calle? Por la forma de decir "contra". Tío, sigues igual. Sigues diciendo ¡contra!, igual que cuando estábamos en el colegio. En eso no has cambiado nada.

—Y el que te acompañaba, ¿quién era?

—¿Ése? Ah, el Nano. Un colega. Iba un poco colgado, pero tiene buen rollo.

Ella estaba sentada en el sofá, en el asiento favorito de él. Era increíble: acababa de llegar a la casa y, con la misma naturalidad que en el colegio, se había adueñado del lugar. Él se afanaba en la cocina preparando algo de cena para los dos. La televisión emitía uno de esos concursos en los que todo son colorines, gritos del público y exclamaciones de decepción cuando el concursante no consigue alguno de esos premios que ofrece un presentador de sonrisa tan inverosímil que parece arrebatada a cualquier personaje de las caricaturas.

—Oye, tío, tienes un piso chachi. Mola un montón. ¡Jo!, ya quisiera yo tener la mitad de lo que tú tienes. Pero qué digo. Con la mitad de la mitad de esto me conformaba, tío.

—Bueno, no está mal. Pero no me llames tío, ¡contra! Prefiero que me llames Verde, como antes, como siempre.

—Vale, tío. Verde, como siempre, como antes, como cuando éramos coleguis.

Había cambiado, pero seguía siendo la misma muchacha hermosa, impulsiva y apasionada que él había conocido. La misma por quien había sido capaz de cometer todas las travesuras que había realizado de niño. La misma que le hacía estallar el corazón en el pecho cada vez que la veía

aparecer por las mañanas tras la esquina, camino del colegio, con el pelo tan mojado, tan repeinada, tan sonriente.

–Así que ahora eres banquero, ¿no?

–Que no, ya te he dicho antes que soy empleado de banca. Los banqueros son los que manejan el dinero. Nosotros nos limitamos a ver cómo el dinero pasa por delante de nuestras narices sin poder llegar más que a olerlo.

–Ya, tío, pero todo se pega. No veas la buena vida que te debes pegar. Yo, si pudiera sólo tocar la pasta, me conformaba. Tener en mis manos un millón de euros. ¡Uf! Anda que no se lo puede montar uno bien con un millón.

Tampoco había cambiado su pelo castaño. Quizás había perdido el brillo de antes, pero seguía siendo igual de abundante. Y seguía teniendo el mechón rizado que le nacía en el comienzo de la frente y que, en cuanto se secaba, se rebelaba del resto del peinado y se esparcía por su cara. Ese mechón de pelo que había conquistado a tantos de sus compañeros y que, sin embargo, a él siempre le había parecido el único defecto de ese rostro tan próximo a la perfección.

–Tómate esto, Ala. Es lo único que he podido preparar. No esperaba a nadie, y no estoy preparado para recibir visitas imprevistas ¿sabes? Desde hace tiempo vivo solo y me he vuelto casi un ermitaño.

–Menuda pinta tiene, tío. Siéntate aquí conmigo, Verde.

–Y ahora, cuéntame qué ha sido de ti en todo este tiempo. No he vuelto a saber nada de ti desde que terminamos el colegio, contra.

–¡Buh! Mi vida es una película, tío. Al poco de que tú te fueras interno a estudiar, yo me puse a trabajar en el almacén de fruta del barrio, el que está detrás del taller de coches. Pero aquello era chungo. Aquello no era para mí, tío, qué va. No iba yo a estarme todo el día metida entre cuatro paredes y oliendo la porquería de la fruta podrida. Tío, ¿tú sabes lo mal que huele la fruta podrida? Tío, creía que me asfixiaba, que me faltaba el aire, y no podía aguantar las ganas de vomitar que me daban. No duré ni una semana, a los tres días me piré.

—¿Y adónde fuiste?

—A buscarme la vida. En mi familia las cosas andaban chungas y me abrí. Me fui a Barcelona, y después a Salamanca, y luego por mil sitios más. Me he hecho una experta en viajes que no veas, tío. Y siempre siempre metida en rollos, y la mayoría malos. La verdad es que la vida no me ha tratado nada bien, tío. Tuve mala suerte o yo misma me la busqué, que para el caso es lo mismo.

—¿Y qué has hecho?

—De todo, tío. Pero, por encima de todo, vivir a mil por hora. La vida hay que aprovecharla, tío, hay que vivirla como nos viene, sin más. Yo quería vivir a tope y me metí en todo lo que pude. Algunos asuntos salieron chungos y otros chachis. De mi trabajo en el almacén de frutas sólo he aprendido una cosa, tío: que la vida es un melón y hasta que no lo abres no sabes cómo va a salir. Lo malo, tronco, es que eliges el que mejor pinta tiene y, siempre lo mismo: el que no está pasado está demasiado verde, nunca aciertas.

—¿Y dónde vives ahora?

—Donde puedo. Hoy aquí, mañana allá y pasado ya veremos. Todavía tengo algunos amigos que me echan una mano cuando pueden. Y si no, en la calle. Tampoco es tan malo cuando te acostumbras, no creas. Pero, oye, come algo tú también, que te estoy dejando a dos velas. Y vamos a olvidarnos de mí, tío. Vamos a hablar de nosotros, de cuando éramos críos. ¿Te acuerdas?

¿Cómo no iba a acordarse? ¿Cuánto había pasado desde la última vez que se habían visto? ¿Diez, doce años? ¿Y qué significaba ese tiempo? ¿Cómo iba a haberse olvidado él de la única persona con la que había conseguido los pocos instantes de felicidad plena que recordaba en su vida? ¿Es que podía alguien olvidarse de unos ojos como los de ella, de una sonrisa como la suya, de unas manos tan dulces como las suyas? ¿Cómo podía haber olvidado que fue él mismo quien le puso el nombre de Ala, no tanto por su apellido, sino porque era lo único que le faltaba para ser completamente "su" ángel? ¿Cómo no recordar cómo se le aceleraba la respiración y el pulso cuando ella le pedía que se colase en la Sala de Profesores del colegio, mientras ella vigilaba desde el exterior, para hacerse con una copia de cualquier examen que suspendería al día siguiente? ¿Cómo podía olvidar aquella vez que, por accidente, en clase de gimnasia, al girarse ella de improviso, sus dos caras quedaron a tan escasos centímetros, tan próximas, que él notó cómo la sangre le inundaba las orejas y le ardían las mejillas? ¿Y cómo podría olvidar jamás el instante de la delicia suprema, aquel día en que en el juego de las prendas a ella le tocó darle un beso, un beso infantil, un beso fugaz, un beso con los labios fuertemente apretados, pero un beso al fin? ¿Cómo se pueden olvidar los instantes de gloria y las personas que nos hacen tocar la gloria?

–Fueron buenos años.

–Los mejores para mí, Verde. Yo, fíjate, no me creo el rollo ese de que la infancia es muy guay. Los niños las pasan mal, tío, muy mal. Es mentira eso de que son felices. Los niños tienen ratos, unos muy buenos y otros muy chungos, pero siempre hay más de los últimos que de los primeros. Lo que pasa es que, con los años, uno ya no se acuerda de los momentos chungos y...

–Puede que tengas razón. Yo recuerdo mi infancia con mucho cariño, pero, si me paro a pensarlo, quizá no fuese tan feliz.

–Yo tampoco, qué va, pero sólo entonces estuve cerca de serlo a ratos. Yo creo que desde que era pequeña no he vuelto a ser feliz. Aunque, la verdad, ¿qué es eso? La vida es una mala madre, una madre que no trata a todos sus hijos por igual. Cuando uno es un niño, siempre espera ser el favorito, el preferido, pero la vida se encarga enseguida de ponernos a cada uno en nuestro sitio. Y hace de nosotros lo que le da la gana, vaya si lo hace, tío. Y no hay más ley que esa.

–Debes de haber sufrido mucho.

–También me lo he montado bien, oye, que no todo van a ser penas. Y vamos a dejarlo, que nos estamos poniendo muy profundos. Háblame de ti. Oye, Verde, te sigues pareciendo a aquel buen muchachito que todos los días me esperaba en la esquina para entrar conmigo al colegio. Y sigues teniendo los mismos ojos de entonces.

–Sigo siendo el mismo muchacho que tú conocías, con unos pocos años más. Quizá un poco más triste y un poco más solo.

Y ella seguía siendo la misma encantadora de corazones que él había conocido. ¡Qué a gusto se sentía hablando con ella! Habían bastado unas cuantas palabras de su boca dulce, unas miradas de sus ojos brillantes y había vuelto a quedar atrapado en sus redes, encendido su corazón con la misma intensidad que entonces.

–Huy, tío. Qué tarde es. Oye, me voy a dar un baño. Hace tanto tiempo que no lo hago, que creo que ya se me ha olvidado qué se siente, tío.

–Eso está hecho, ¡contra! Ahora mismo te lo preparo. ¿Lo quieres bien caliente?

–Sí. Y con una montaña de espuma.

–Como en las películas, ya verás.

Mientras ella se bañaba, trató de poner en orden sus ideas. Pero no era capaz de refrenar su corazón, un caballo desbocado que brincaba excitado como tratando de escaparse del cerco de su pecho. Estaba aturdido. Esta vez no sentía malestar en el estómago, pero notaba que su cabeza era incapaz de asimilar los cambios sucedidos en la última hora. No podía pensar con un mínimo de cordura y los pensamientos y las sensaciones que iban y venían como bandadas de pájaros se agolpaban en torno a él y lo aturdían. Bien, ¿ahora qué? Debía pensar qué iba a pasar. Por supuesto, no debía hacerse ilusiones. Lucía no era una mujer para él. En realidad, Lucía no era una mujer de nadie. Era demasiado independiente, demasiado impulsiva, demasiado libre para atarse a alguien o a algo. Ella se iría, como había hecho siempre. Y él, que siempre había sido el embobado admirador dispuesto a hacer cualquier cosa que pudiese ganar su atención, aunque fuese sólo por unos instantes, no sabría qué hacer para retenerla… Pero en esos momentos no quería pensar en el futuro ni en el pasado. Sólo contaba el presente. Ala estaba ahí, con él, sólo con él, sólo para él. Estaban los dos juntos y ya no eran unos niños. Se hizo un propósito: esta vez estaba decidido a que este encuentro casual fuese el comienzo del definitivo cambio de rumbo en su vida.

Salió del baño envuelta en el albornoz que él le había ofrecido, un albornoz que le quedaba demasiado grande, lo que aumentaba la sensación de pequeñez e indefensión, de desvalimiento. Sintió deseos de abrazarla, de protegerla, de ofrecerle un refugio que le hiciera olvidar todos los sinsabores que la vida le había ocasionado. Estaba deslumbrante, como las estrellas de cine de los años cincuenta. El pelo había vuelto a brillar como entonces. Y el mechón volvía a dispersarse por la frente, devolviendo a su mirada ese aire entre travieso y desconcertado que ahora, sorprendentemente, lo subyugaba.

–Hacía mucho tiempo que necesitaba un baño como éste. Oye, estoy cansadísima. ¿Qué te parece si nos vamos a dormir? Mañana será otro día. Tenemos tantas cosas de que hablar.

–Sí, claro. Además, yo tengo que trabajar mañana. Aquí tengo otra cama, por si alguna vez se le ocurre venir a mi madre. Es un poco más pequeña que la de mi habitación. Yo me acostaré en ella, quédate tú en la mía.

–No me gusta dormir sola. Y menos en casas extrañas.

4. Un vaivén de sentimientos

El despertador no había sonado a su hora. O quizá él no lo había oído. El caso es que las agujas señalaban las ocho menos cuarto. Se vistió precipitadamente y se arregló lo imprescindible para no llamar demasiado la atención en el trabajo. Antes de salir tuvo tiempo, no obstante, de echar una ojeada a la cama donde ella seguía dormida. La vio tan frágil, tan dulce, tan hermosa, que sintió deseos de quedarse allí contemplándola, adorándola. Pero el sentido del deber fue más fuerte. Dejó una llave del apartamento encima de la mesilla y le lanzó un beso silencioso cuando salía por la puerta del dormitorio.

Durante todo el trayecto en metro no pudo apartar de su mente las últimas horas vividas. No era posible. Aún no se lo podía creer. Y, sin embargo, sabía que era cierto, que acababa de dejar a Lucía en su casa, en su cama. Que había pasado toda la noche a su lado. Que no quiso despertarla, cuando cayó rendida en la cama, porque no podía haber mayor felicidad que la de percibir su aroma junto a él, notar el calor de su cuerpo tibio y limpio, sentir el tacto de su piel, de su pelo. Y recordar cada una de sus palabras al rechazar el pijama que él le ofrecía:

–Tío, yo como la Marilyn. Para dormir sólo me pongo unas gotas de colonia.

Llegó al banco en el momento justo en que entraba Fernández, uno de los administrativos de la sección de Finanzas Industriales, que solía llegar de los últimos. Pero aparentemente nadie se dio cuenta de su retraso. Y en todo caso, no habían sido más de tres minutos. Ocupó su sitio detrás de la ventanilla y se dispuso a atender a los clientes. Contrajo los músculos de la cara hasta formar ese esbozo de sonrisa que todos confundían con amabilidad.

–Por favor, quisiera hacer una transferencia a este número de cuenta.

–Sí, señora. Un momento, que termino este pijama.

–¿Cómo?

La mirada de sorpresa del cliente le hizo darse cuenta de la estupidez que acababa de decir. ¿En qué estaba pensando? Trató con todas sus fuerzas de concentrarse en el trabajo. No debía distraerse, no quería que nadie notase nada extraño en su comportamiento. Quería quedarse él solo con sus sensaciones, disfrutar para sí mismo de todo lo que le estaba ocurriendo. Por eso, debía prestar más atención a lo que hacía. No obstante, hoy era imposible lograrlo y una y otra vez su pensamiento volaba lejos de la oficina, hasta donde habitaba ella. Cada palabra que oía al otro lado del cristal le trasladaba a otro mundo, al único mundo en el que ahora podía vivir.

–¿Para contratar un fondo?

Un fondo. Lo único que importaba era el fondo de su corazón, que ahora estaba colmado por un entusiasmo como no había sentido jamás. Él no tenía ya fondo, era un pozo sin fondo de felicidad. Lucía era su fondo y su forma, su encima y su debajo, su dentro y su fuera. No había fondo fuera de ella.

–Oiga, me parece que están bajando mucho los intereses de las cuentas a plazos. ¿Hay algún sitio mejor donde colocar los ahorros?

Y él sólo los colocaba en un nombre: Lucía. Tantos años invertidos en la soledad, desperdiciados, engañándose a sí mismo al creer que sería posible vivir sin ella y ahora se daba cuenta de que la necesitaba como se necesita el aire, como se necesita la luz. Ya no le quedaba plazo para buscar la felicidad. Debía poner todo el interés en Lucía, ahorrar todo para Lucía, no ahorrar esfuerzos para retener a Lucía.

–¿Me podría decir cuál es el valor de mis acciones de Bolsa?

El valor de las acciones. ¿Qué valor podrían tener todas las acciones si no estaba ella? ¿Qué acciones serían necesarias para que no se marchase nunca más? Eso sí que requería un valor del que hasta ahora había carecido. Todo lo que hiciese por ella resultaría poco. Había que hacer mucho más. Y, por supuesto, que se quedara con su bolsa, si lo necesitaba, pero que ante todo se quedase con su vida.

–Buenos días, quisiera conformar este talón.

Un talón, su talón. Él también quería conformar su talón, darle forma, transformarlo. Transformarla a ella desde el talón hasta la nuca. Desde el talón que apenas había rozado durante la noche, que había imaginado hasta modelarlo con su mente, terso, perfecto, suave. El talón. El principio y el final del cuerpo adorado. La entrada de la gloria.

Mientras dejaba que su pensamiento se anegara en el placer de los recuerdos gozosos, la costumbre de los trabajos repetidos permitía que en su exterior apenas se notase nada extraño. Una tras otra, mecánicamente, iba resolviendo las peticiones, las solicitudes, las órdenes de los clientes. Resolvía las quejas con la misma celeridad y rapidez con que se sucedían los encargos. Muchas veces la adquisición de mecanismos rutinarios nos permiten salvar las apariencias. Él estaba allí físicamente y cumplía las labores que tenía encomendadas: realizaba los comunicados con la central, atendía el teléfono, recogía mensajes y notas para sus superiores, cargaba en cuenta los seguros sociales, contaba el dinero y ayudaba a cuadrar la caja... Pero si alguien pudiera observar su interior, vería que se encontraba muy lejos de aquel mundo gris de la oficina, viviendo en el mundo de los ojos de ella, en el mundo de los sueños de ella, en el mundo de los deseos de ella.

Sólo los trabajos de la última hora le hicieron olvidarse momentáneamente de Lucía. Y de pronto, por una de esas asociaciones mentales que se establecen sin saber muy bien cómo, al volver a pensar en ella mientras revisaba en la pantalla los cambios de divisas que se habían realizado durante la mañana en la oficina, una idea le estalló con la fuerza de una revelación. ¿Qué le hacía pensar que Lucía estaría en casa cuando él regresase? Ella le había pedido quedarse a dormir esa noche, sólo esa noche, y nada la retenía junto a él. No estaría en casa cuando él volviese. Esta idea punzante fue creciendo en su cabeza hasta adquirir la consistencia de lo que sabemos que es cierto. ¿Quién era la mujer a la que había dejado sola en su casa? ¿Acaso era esa Lucía la misma que él conoció? ¿Qué sabía de ella ahora? Sólo lo que ella le había contado: un conjunto de quejas lastimeras y de reflexiones sobre la vida y las desgracias que traía. Nada, no sabía nada de ella. Había vuelto a actuar con la misma inconsciencia de siempre. Poco a poco en su ánimo la desesperanza dio paso a un sentimiento de oscura rabia. ¿Cómo se había dejado engañar otra vez? ¿Qué podía encontrarse a su vuelta? ¿Cómo había sido tan tonto de no darse cuenta de que todo no era más que una vulgar trampa? Ahora lo veía claro: ella llamaría a su acompañante de la noche anterior. Toda una casa para ellos dos y toda una mañana para poder hacer lo que les viniese en gana, sin ningún curioso, sin ningún problema. Y, para acabar de rematarlo, con una llave de la casa, por si acaso a algún vecino fisgón se le ocurría extrañarse de su presencia. De nuevo había sido el ingenuo bobo enamorado que se había dejado embaucar por el parpadeo de unos ojos, atrapado por el movimiento de unos labios. Notaba cómo una ira sorda contra sí mismo iba encendiéndole el corazón, agarrotando sus movimientos y oscureciéndole la capacidad de pensar.

Ofuscado por estos pensamientos, se confundió repetidas veces en los balances finales, lo que sólo sirvió para que se pusiera más nervioso. No salió de la oficina hasta las tres y veinticinco, cuando por fin los malditos números tuvieron el buen criterio de coincidir y ajustarse a lo que esperaba de ellos. Su mente era para entonces un hervidero de confusas ideas: al temor de haber perdido la felicidad tan rápidamente, se sobreponía en ocasiones la esperanza de que ella siguiera en casa, esperándolo, de que todo fuese producto de su desconfianza ante la gente. Pero cuando esta idea lograba establecerse en su cabeza era reemplazada inmediatamente por un sentimiento de furia consigo mismo por su ingenuidad. Envuelto en estas ideas, se encontró delante de la entrada de su casa sin apenas darse cuenta de cómo había hecho el trayecto hasta ella.

Abrió la puerta. De un vistazo comprobó que, aunque todo parecía en orden, ella no estaba. Buscó desesperadamente una nota, un escrito, un signo que le diese noticias de ella. Pero no había nada. Por supuesto, tampoco estaba la llave. Su mente práctica no pudo evitar la idea de las molestias que le ocasionaría ahora tener que cambiar la cerradura. Rebuscó en la mesilla. Faltaba el dinero, los 240 € que le quedaban de la cantidad que destinaba semanalmente a los gastos. Paradójicamente, la idea de que sólo había sido víctima de un robo lo consoló ligeramente: no eran más que unos vulgares ladrones. No le dolía en absoluto, no, el dinero ahora carecía de importancia. Sin saber muy bien por qué, siguió en la misma frenética búsqueda, tratando ahora de localizar algo que le hiciese más soportable de nuevo la

UN EMPLEADO EJEMPLAR

soledad. Si ella no estaba, al menos que hubiera algo, alguna prenda, algún objeto olvidado que pudiese llenar el hueco que su ausencia dejaría definitivamente. Pero no había nada. Ella no había traído nada y no había dejado nada. Agotado por el frenesí y por el dolor, se dejó caer en el sofá. Sólo sentía una tristeza que, como un pesado fardo, se había asentado en su cuerpo y lo aplastaba por momentos y lo ofuscaba y lo aturdía y lo arrastraba hacia un abismo de desidia y de melancolía.

El timbre de la puerta sonó. Instintivamente se incorporó pensando que podría ser Ala, pero recordó que ella tenía una llave y no necesitaba llamar. Se volvió a dejar caer en el asiento. No tenía ganas de hablar con nadie ni de ver a nadie, así que dejó que el inoportuno visitante se aburriese y se marchase. El timbre volvió a sonar, esta vez de forma continuada. Irritado, se levantó con violencia y se dirigió a la puerta con intención de descargar toda su furia y toda su frustración en el impertinente visitante. Estaba a punto de gritar, pero las palabras se le quedaron paralizadas en la garganta. ¡No podía ser! Allí estaba ella, radiante, con unos zapatos y un vestido recién comprados y con unos cuantos paquetes de comida precocinada en la mano.

—Ya pensé que no estabas, tío.

—¡...!

—No te quedes ahí pasmado. Ayúdame con todas estas bolsas. Hoy vamos a comer como reyes, tío. Cuando lo compré, tenía muy buena pinta; espero que no se haya estropeado demasiado.

—Pero...

—Ah, he cogido el dinero de la mesilla; todo lo que había. Es que necesitaba algo que ponerme. No te preocupes, tío, ya te lo devolveré cuando pueda. Ya me dirás cuánto era. Oye, qué precios tienen ahora las cosas. He comprado también comida, porque en la nevera apenas quedaba nada. La verdad es que a mí lo de la cocina no se me da muy bien. Ahora, que ya verás: vas a conocer a una de las mejores expertas en recalentar la comida. En eso, y en comer frío, he recibido varios premios internacionales.

Como siempre, ella había logrado sorprenderlo una vez más. Toda la ira, todo el dolor, toda la ansiedad, toda la tristeza se esfumaron en un instante. Sintió una emoción tan honda que estuvo a punto de ponerse a llorar y pedirle perdón por haber desconfiado de ella. ¿Cómo podía haber pensado que lo engañaría? ¿Cómo podía haber sido tan mezquino de pensar que sólo había buscado su dinero, una cantidad tan insignificante además? Pero ya no tenía importancia. Ala estaba con él, estaba a su lado, estaba de nuevo radiante. Y él no volvería a desconfiar. No volvería a perderla, no dejaría que saliese de su mente ni un momento más.

5. El placer de convivir

Ella se había instalado en su casa del mismo modo que se había instalado en su corazón, ocupándolo todo, llenando cada rincón con su presencia. Hasta tal punto se había hecho necesaria en la semana que llevaban conviviendo que él ya no era capaz de imaginar su vida de otra forma que a su lado. Su vida anterior se desdibujaba, se perdía como los malos recuerdos, como esas fotografías mal reveladas a las que el paso del tiempo va eliminando poco a poco los contornos hasta que acaba difuminándolas. Llegaba a dudar, incluso, que alguna vez hubiese podido vivir de otra forma. Sí, claro, recordaba que había estado solo hasta hacía poco, pero ahora se daba cuenta de que aquello no había sido vida. Y se reprochaba no haber sido capaz de correr a buscarla mucho antes, de no haber perseguido su rastro, de no haber recordado que sólo con ella se había sentido vivo alguna vez.

En cuanto salía del banco se dirigía inmediatamente a casa, sin detenerse un instante, anhelante, ansioso por llegar cuanto antes. Ella lo esperaba sonriente y, mientras comían, charlaban de todo. Había descubierto el placer de la conversación y también del silencio acompañado. Había encontrado el placer de estar con el otro, de saber que uno interesa a los demás, de saber que la vida no es una sucesión de soledades.

–Oye, Verde, ¿cuántos trabajáis en la oficina?

–Trabajar, trabajar, lo que se dice trabajar, casi ninguno. Todos tratamos de hacer lo menos posible.

–No, bobo, te lo digo en serio.

–Seremos unos diez o doce. A ver, que los cuente. Y, mira, te los voy a decir con el nombre oficial que nos da la empresa: el director, el jefe de operaciones, que hace de subdirector, el gerente de empresas, el gerente de particulares, el apoderado, dos administrativos, un botones y dos terminalistas, que somos mi compañera de ventanilla y yo, vulgarmente conocidos por el nombre de cajeros. Diez en total.

–¿Y no hay ningún guardia de seguridad?

–Sí, claro, hay uno. Pero ése no es de la sucursal. Es de una compañía. ¿Sabes lo que estoy pensando, Ala? Que lo mejor será que un día te vengas conmigo hasta el banco, y así lo ves tú misma todo.

–Eso ni de coña, tío.

–Tienes razón, mejor no, porque no podría soportar las miradas de envidia de mis compañeros al verte a mi lado.

Seguían conservando la costumbre de ir al cine, pero no todas las tardes. Ahora veían, sobre todo, melodramas, historias de amor, las películas preferidas por ella. Él había descubierto lo diferente que puede llegar a ser un mismo acto, un acto trivial como el de ir al cine, cuando vas acompañado de una persona querida. Muchas veces, olvidándose de lo que sucedía en la pantalla, se dedicaba a observarla en la semioscuridad de la sala. Le encantaba ver cómo su rostro iba modificándose al compás de los cambios de iluminación que se sucedían en la pantalla. Veía cómo se reflejaban los colores y las imágenes en las pupilas de ella, la dureza que algunos contrastes de luz marcaban en su rostro. Le encantaba observar cómo la luz iba formando ángulos, texturas, contornos insospechados, haciendo que el rostro conocido y querido se convirtiese en cientos de rostros diferentes, todos ellos adorables. Descubrió, de esa forma, que no había un rostro de Ala que querer: había decenas, cientos, miles. Especialmente le gustaba observar cómo los ojos de ella brillaban humedecidos cuando la trama de la película llegaba a su máxima intensidad emocional. Sentía entonces una enorme ternura, la sentía más frágil que nunca y su mano se enlazaba a la de ella para transmitirle todo el amor de que era capaz.

A la salida, paseaban largamente por la ciudad, que se había puesto mucho más luminosa desde que ellos estaban juntos. Mientras hablaban de cualquier cosa, deliciosamente enlazados por la cintura, sonrientes. Esos días llegaban a casa tarde, agotados del paseo, dichosos.

Pero lo que más les gustaba era charlar. Muchas tardes se quedaban en casa y se pasaban la tarde y la noche hablando de todo. Ella se interesaba mucho por todo lo que sucedía en la oficina y a él le encantaba demostrar todo lo que sabía. Ella tenía una curiosidad insaciable. Quería saberlo todo: lo que hacía, cómo lo hacía, en qué momentos estaba ocupado y en qué momentos se paraba, en qué temporadas tenía más trabajo y cuándo disminuía; le preguntaba por el lugar en el que estaba situado cada uno de sus compañeros, cómo se llevaban entre ellos; quería saber si el director trataba bien a los empleados, si era amable, si solía salir de su despacho, a qué hora se iba de la oficina; quería que le dijese qué hacía su compañera de ventanilla, si hablaba mucho con ella, si se llevaban bien, si le había hablado de ella... En ocasiones le parecía adivinar en las palabras de Ala un lejano sentimiento de celos hacia Laura. Y él se sentía entonces el hombre más halagado del mundo.

–¿Cuánta pasta pasa por tus manos al día?

–Qué sé yo, depende. Unos días más y otros menos. Mira, para que aprendas otra cosa nueva, al dinero que se tiene en la oficina como previsión nosotros lo llamamos el "encaje bancario". Ya sabes una cosa más.

–Y eso, ¿cuánto es?

UN EMPLEADO EJEMPLAR

–Depende. No es una cantidad fija. La oficina hace una previsión y, si se necesita más, se pide a la central para ese mismo día o para el día siguiente.

–Ya, pero lo normal, ¿cuánto es?

–¡Qué preguntas, contra! Que no lo sé: cinco, seis, siete millones, depende. Además, ahora ya no es como antes. Los cajeros automáticos y los ordenadores hacen casi todo el trabajo, de manera que los empleados hemos quedado casi para cumplir labores administrativas: teclear datos, rellenar impresos, cumplimentar recibos, enviar tarjetas, firmar contratos, recibir quejas y cosas así.

–Ya, pero el dinero se sigue moviendo en los bancos.

–Sí, pero se ha hecho una buena labor de limpieza. Los bancos de hoy no tienen el olor del dinero, el olor del papel, de las monedas, como hace algunos años. Hoy son lugares perfectamente asépticos, desinfectados, limpios, protegidos de cualquier rastro de contaminación por medio de mostradores de mármol y de cristales blindados. Casi todas las operaciones ya las realizan las máquinas: el cliente da una orden y el dinero vuela de una mano a otra sin que nuestros ojos lo vean, sin dejar otro rastro que el reguero de tinta con que la operación queda registrada en la impresora. Una transferencia, una compra-venta, un giro, una compra de acciones, todo se hace sin que nosotros lleguemos a sentir el olor del dinero. Como dice el director de mi oficina: "El gran adelanto de la banca en este siglo ha sido conseguir que el dinero contante, esa ordinariez, deje de llenar de gérmenes nuestras mesas y nuestras manos. Nuestro gran objetivo es hacernos con el cliente que maneja el dinero sin tener que tocarlo".

–Tío, Verde, pues a mí me parece que tienes un curro chachi.

–Sí, contra, sobre todo cuando tienes que quedarte más horas de la cuenta porque no te cuadra la caja o porque algún cliente es más plasta de lo normal, ¡no te fastidia!

Prácticamente había dejado de visitar a su madre. Intentaba compensarlo llamándola más a menudo por teléfono, pero trataba por todos los medios de reservar los fines de semana para ellos dos solos. ¡Había tantas cosas que hacer juntos! Había descubierto, de su mano, el placer de viajar. Lucía era una experta en viajes, ya se lo había dicho. Le seguía quedando de su pasado un cierto gusto por el riesgo: colarse en los trenes, escaparse de los bares sin pagar, entrar a las zonas no permitidas de los edificios públicos... Estos pequeños actos eran, decía ella, la sal de la vida, y los necesitaba como el respirar. Para ella seguía siendo necesario moverse un poco en el límite. Ernesto, aunque no podía evitar un ligero sentimiento de culpabilidad, aceptaba este modo de comportarse con la esperanza de que fuesen meras válvulas de escape de un tiempo de sufrimiento anterior que el paso del tiempo se encargaría de corregir. Por otro lado, siempre que podía trataba de compensarlo dejando más propina en otros bares, pagando a escondidas los billetes... Además, Lucía excusaba estos rasgos de su comportamiento con tan buen humor y minimizándolos de tal modo que él se dejaba convencer por sus palabras. Era cierto: ¿qué importancia podía tener unas cuantas monedas más o menos para el dueño de un bar?, ¿había algo de malo en conocer sitios a los que los turistas vulgares no podrían llegar nunca?

–Verde, necesito que me hagas un favor.

–Me tiene usted a su merced, Alteza.

–Necesito pasta. Ando con malos rollos. Y casi todos mis malos rollos tienen el mismo nombre: deudas. Debo pasta a mucha gente, tío, y quiero terminar con ello.

—¿Cuánto?

—Lo que puedas.

—Pero dime cuánto, contra. Yo no tengo mucho, pero...

—Ya te lo he dicho, lo que puedas. O, si no, olvídalo. Ya buscaré cómo salir del paso. Tú ya has hecho bastante por mí.

Él no tenía mucho. Su sueldo le daba para vivir cómodamente pero nunca había sido partidario de ahorrar. Se reprochaba ahora no haber sido un poco más previsor. Otra torpeza más. Cada vez que ella lo necesitaba, él no podía satisfacer sus deseos. Pensó en la cartilla que compartía con su madre. En ella había mucho dinero, más de lo que su madre podía gastar nunca. ¿Para qué quería ella tanto dinero? Sus gastos ya eran muy pocos, apenas consumía, apenas salía de casa. Seguro que su madre lo entendería. Ya vería él el modo de reintegrarlo. Ya se lo explicaría.

—Esto es todo lo que he podido conseguirte. ¿Es suficiente?

Le entregó un sobre con un fajo de billetes nuevos, recién salidos de su banco. Ella los contó. Había 1.500 €.

—¿De dónde los has sacado, tío? En tu cuenta no te quedaba tanto.

—Son de mi madre. A ella no le importará.

—¡Hala, tío! No puedo, Verde. Te lo agradezco, pero no puedo cogerlos.

—Son tuyos. Cógelos, ¡contra! Y no creas que lo hago por ti; lo hago por mí, lo hago por egoísmo. Quiero que rompas con todo lo que te ata al pasado, que te olvides cuanto antes de que hubo un tiempo antes de mí. Si este dinero sirve para que desde hoy sólo exista el futuro para nosotros, será el dinero mejor empleado jamás.

No se atrevió a indagar más sobre el destino del dinero. Había aprendido a aceptar sus peticiones sin protestar y sin pedir explicaciones. Si era cierto que necesitaba más dinero, él debía hacer todo lo posible por conseguirlo, sin más. No se lo preguntó, del mismo modo que jamás le había preguntado qué hacía por las mañanas, mientras él estaba en el banco. Cuando él se levantaba, ella se despertaba y le despedía con una sonrisa. A su regreso, ella estaba esperándolo, con la sonrisa en la boca. Eso era todo lo que le pedía, eso era todo lo que necesitaba. Lo demás, carecía de importancia.

—¿No te aburres sola aquí, en casa?

—Huy, qué va. Ya sabes que yo nunca dejo de hacer cosas: pasear, ver tiendas, entrar en los almacenes, probarme ropa. Las mañanas son muy largas y da tiempo a todo. Hasta para pensar. Además, tío, ahora estoy tratando de aprender cosas nuevas. ¡Aburrirme yo!

—A veces me dan ganas de pedir unas vacaciones para poder estar todo el tiempo contigo.

—Anda, bobo. Ya estamos todas las tardes juntos, y todos los fines de semana. ¿Se te hace poco? Además, a partir de ahora voy a estar muy ocupada por las mañanas. ¿Sabes qué he pensado? Me voy a enrollar con eso de los ordenadores. ¿No dicen que son el futuro? Pues ahí estoy yo.

Con la celeridad con que llevaba a cabo siempre sus ideas, al día siguiente un ordenador flamante ocupaba la mesa central del comedor. Cuando él llegó, Lucía se afanaba en encontrar las conexiones correspondientes a cada uno de los cables que salían de la parte trasera del ordenador.

También había comprado un montón de libros de informática, que se agolpaban en el suelo en una pila cuya estabilidad peligraba con cada uno de los nerviosos movimientos de Lucía al retirar el barullo de cajas en medio del cual se encontraba.

–¿Es que no piensas ayudarme? Vamos, échame una mano, que no tengo ni idea de dónde tiene que ir cada uno de estos malditos cables. ¿Por qué lo harán todo tan complicado? Y encima tienen la cara de decir que la informática es fácil.

6. En acción

Los días siguientes fueron de febril actividad en torno a la pantalla del ordenador. Con el entusiamo de los aprendices, ambos se dedicaron a desentrañar los rudimentos de la informática. Él se reprochó no haber aprovechado los cursos gratuitos que el banco ofrecía a sus empleados. Su relación con la informática en la oficina era absolutamente simple y rutinaria: se limitaba a encender el ordenador, que ya cargaba el programa informático creado especialmente para las tareas del banco, y después seleccionar las rutinas informáticas correspondientes (así las llamaban los técnicos) según las peticiones de los clientes: ingresar, extraer, comprar, poner al día, cambiar... De nuevo Lucía lo necesitaba y él no podía responder adecuadamente.

Trató de compensar su ignorancia con una dedicación casi enfermiza a adquirir junto a ella las nociones básicas del complejo mundo de la informática. Dedicaron las tardes completas a manejar adecuadamente los programas más usuales: procesadores de texto, programas de diseño, hojas de cálculo, programas gráficos... Leyeron todos los libros de informática que fueron cayendo en sus manos. Ella avanzaba con rapidez y se mostraba ávida de adquirir nuevos conocimientos. Era innegable que tenía un don especial para manejarse con esos cacharros.

–Oye, tío, esto es alucinante.

–Lo que es increíble, Ala, es poder estar contigo, a tu lado.

Una de aquellas tardes, nada más llegar a casa, sintió que algo extraño ocurría. Lucía lo recibió, como siempre, con una sonrisa, pero había algo en ella que resultaba diferente, una especie de ansiedad, una extraña excitación en la luz de sus ojos, como si algo inaudito le estuviese sucediendo. No hizo falta preguntarle nada.

–Tío, ya está. He encontrado la manera de hacernos ricos, Verde. Vamos a ganar mucha pasta.

El tono con que lo dijo le hizo temerse que Lucía estuviese pensando en cometer una locura, en hacer un disparate. Trató de bromear para quitar importancia a lo que preveía una declaración muy seria.

–No estarás pensando en que me traiga poco a poco el dinero de la oficina. ¿O quizá se te ha ocurrido que me atraque yo a mí mismo?

–No, y deja de decir tonterías. He pensado algo diferente, algo limpio, algo con lo que nos vamos a forrar sin tener que mancharnos las manos. Mira esto.

El recorte del periódico que le enseñó recogía la noticia de un nuevo tipo de estafa. Un americano había estado a punto de hacerse rico a costa del banco para el que trabajaba mediante un procedimiento simple e ingenioso, como son siempre las buenas ideas. El método, en pocas palabras, era el siguiente: en las operaciones bancarias, el ordenador ajusta los decimales a la centésima, dependiendo de si el tercer decimal está por encima o por debajo de cinco. Por ejemplo, si en una cuenta había que anotar 100,256 dólares, el ordenador lo ajustaba a 100,26; si la cantidad era 100,254, el ordenador ajustaba a 100,25. El empleado había realizado una modificación en el programa que controlaba estos ajustes de forma que las milésimas sobrantes eran desviadas a una cuenta a su nombre. En cada una de las operaciones la cantidad de dinero era mínima, pero como se trataba de muchas operaciones, a fin de mes los ingresos se convertían en cantidades millonarias. Los clientes difícilmente se darían cuenta de estas operaciones y, si llegaban a dársela, posiblemente no estuviesen interesados en reclamar unas cantidades tan despreciables. El banco

UN EMPLEADO EJEMPLAR

tampoco podía sospechar nada, porque el ajuste se seguía realizando. Una operación perfecta.

–Chachi, ¿no?

–Pero no has terminado de leer la noticia, ¡contra! ¿Qué pasó con el empleado?

–El periódico dice que fue descubierto por estúpido. Cambió demasiado su forma de vivir. Empezó a gastar como un pringado, muy por encima de lo que ganaba en el curro, lo que acabó escamando a sus jefes, que no tardaron en descubrir el pastel.

–Lo ves. No puede salir bien.

–A él lo pillaron, pero a mí no. Yo no voy a ser tan tonta.

Él sabía bien que cuando Ala tomaba una decisión, por arriesgada que fuera, trataba de llevarla a cabo.

Tío, el negocio es un chollo. No puede fallar.

–Está bien, tú ganas. Pero, dime, ¿qué pinto yo en todo esto?

–Yo puedo ocuparme de la parte informática. Pero necesito a alguien que esté dentro del banco y tenga acceso a los programas. Ahí es donde apareces tú. Tío, es un trabajo limpio, ya te digo. Y podríamos pasar el resto de nuestra vida haciendo lo que quisiéramos. Piénsalo. ¿No te apetece salir de una vez del agujero de esa oficina? Tendríamos todo el tiempo para nosotros.

Las pequeñas dudas que pudiera haber tenido se disolvieron como un azucarillo tras las palabras mágicas de la última frase y la mirada de encantadora de serpientes con que las acompañó.

Era muy lista. Jamás, hasta ahora, le había hablado de un futuro entre los dos. Sabía qué tenía que decir, cómo tenía que mirar, cómo debía actuar para conseguir lo que quisiera de él.

Volvía a ser la niña traviesa que lo incitaba en el colegio a realizar las travesuras, y él volvió a ser el muchacho complaciente, dispuesto a ganarse sus favores a cualquier precio.

No se atrevió a decirle la verdad: que él no podía acceder a los programas del banco, que los programas eran cargados por un ordenador central en los terminales de cada oficina. Ya buscaría la forma de llegar hasta el cerebro de la oficina central. No debía ser tan difícil. Trató de autojustificarse pensando que podía ser divertido, tras el tiempo que llevaba trabajando de forma callada en el banco, encontrar una forma de aprovecharse de su trabajo.

Pero no era una tarea sencilla. Por supuesto, había que actuar sin levantar las sospechas de sus jefes. Hizo unos cuantos intentos de entrar en el programa general del banco, pero no podía más que introducir los códigos y las claves habituales, los que sólo le permitían conocer los saldos de una cuenta, comprar o vender valores y demás.

Tampoco sería de mucha ayuda consultar con sus compañeros, que sabían tanto como él y que, además, podrían extrañarse de un interés tan repentino por esos asuntos. Debía actuar por su cuenta y con sus propios medios.

Deliberadamente se retrasaba en su trabajo tratando de encontrar momentos en los que pudiese manipular a su antojo los programas.

Pero todo resultaba inútil. Todo lo que él sabía de identificar códigos y claves de acceso a los programas era lo que había visto en las películas americanas, en las que el protagonista siempre, tras unos intentos fallidos, cuando está a punto de abandonar, encuentra fortuitamente la palabra clave, el ábrete sésamo que hace que se descorran mágicamente todos los cerrojos y la pantalla se vuelva loca lanzando interminables listados de datos y cifras.

¡En las películas todo resulta tan fácil! Pero en la vida real, las cosas son de otro modo. Ahí no hay fórmulas mágicas. Lo cierto es que no tenía ni idea de por dónde empezar. Y los libros no traían nada sobre qué hacer.

Comprobó que tampoco le iba mejor a Lucía con sus avances en informática.

Si al principio todo parecía ir bien e incluso los avances se producían con rapidez, pronto se encontró con dificultades que le resultaron insalvables. No era lo mismo manejar programas informáticos que tratar de crear un programa que se ajustase a lo que ella quería.

Lo que en principio habían supuesto un trabajo fácil, se convirtió en una auténtica pesadilla. Los libros de lenguajes informáticos eran endiabladamente liosos y, cuando parecía que todo estaba a punto, un fallo daba al traste con todo.

Se pasaban las noches enteras tratando de resolver dificultades a veces nimias. Pronto se dieron cuenta de que no habían calculado adecuadamente sus posibilidades.

Además las tensiones y la falta de logros habían comenzado a afectar a la relación entre ellos, que a veces se volvía muy tirante. Al cabo de unas semanas estaban agotados física y mentalmente.

—Esto no puede ser, tío. Yo no puedo seguir así, estoy harta. Hay que volver a lo de siempre.

–¿A qué te refieres?

–Pues a qué va a ser, a que hay que volver a lo que se ha hecho toda la vida. Tío, voy a atracar el banco.

–Pero ¿te has vuelto loca, contra?

–No. No estoy dispuesta a quemarme las pestañas ante la pantalla del maldito ordenador para no sacar más que dolores de cabeza y de cuello. Se acabó. Verde, yo no he nacido para ser pobre. Voy a atracar el banco. Además, tío, lo tengo pensado desde hace mucho tiempo, desde antes de lo de la informática. Mira para qué me sirvió tu pasta.

Sacó un pequeño envoltorio de uno de los laterales de la cama. La visión del revólver negro hizo que el corazón de Ernesto diera un vuelco. Nunca había visto un arma tan de cerca. Pero lo que más lo asustó fue la certidumbre de que ella estaba dispuesta a llevar a cabo su plan, que él no contaba, dijera lo que dijera. Una sensación de vértigo se apoderó de él y volvió a verse envuelto por el mismo estado de ansiedad y de dolor que lo habían perseguido durante tanto tiempo. Notó un agudo dolor en el pecho.

–Está todo pensado, Verde. Has sido un tío legal. Me has contado todo y te has portado como un colega. Pero no quiero que te pringues con esto. Tío, nadie sabe que tú y yo hemos tenido este rollo.

–¿Y qué harás después?

–Pirarme, tío. Me piraré de aquí, me volveré a marchar a otro sitio, a empezar otra vez. Ya sabes, lo mío es volar.

En un instante la visión de la casa sola, vacía sin ella, se le hizo insoportable. Se vio de nuevo en el sillón, ante el televisor, sin nada que hacer, y la imagen le resultó atrozmente insoportable. Recorrió con su imaginación los espacios de la casa y los fue encontrando llenos de los agujeros que la ausencia de Ala, como una polilla insana, dejaría en la cocina, en la mesa, en el sofá, en el baño, en el dormitorio… Sus palabras fueron por delante de su pensamiento.

–Yo no puedo volver a quedarme solo. Voy contigo donde tú vayas, Ala.

–No es una buena idea, tío.

Pero por una vez él estaba firmemente decidido.

7. Todo a punto

Él mismo estaba sorprendido de su comportamiento, no sólo por atreverse a planear un acto como el que pretendía realizar, sino, sobre todo, por la naturalidad con la que lo había asumido. A veces imaginaba que no era él el protagonista de lo que estaba sucediendo, que se trataba de otra persona, que encarnaba un papel en una de las películas de gángsters que tanto había visto. Pero la realidad era que estaba preparando un atraco a su propio banco. Y era un trabajo muy real, que exigía una preparación minuciosa en la que nada podía dejarse al azar. Todo debía estar milimétricamente previsto, cualquier detalle, por insignificante que pareciese, podía derrumbar todo el proyecto. Durante la semana en la que planearon el atraco hablaron mucho, imaginaron detalles, analizaron imprevistos, resolvieron dificultades, ensayaron movimientos y miradas, repitieron gestos, midieron tiempos y distancias, eligieron palabras, seleccionaron vestidos y trayectorias. Sintieron el vértigo de tener todo al alcance de la mano.

Ernesto experimentaba, además, el placer absoluto de sentirse dominado completamente por la voluntad de ella. Se sentía desbordado por la capacidad de decisión de Lucía, por su agilidad para idear y trazar planes, para tomar decisiones, para prever el futuro, para seleccionar los elementos adecuados. Comprendió con más claridad aún que él debía limitarse a ser un instrumento en sus manos, esa herramienta que cumple eficazmente su labor, el mecanismo que tiene la obligación de funcionar de forma impecable, el objeto inerte pero imprescindible. Y a esta labor de neutralización de sí mismo se dedicó durante todo el tiempo.

Calcularon que la mejor fecha para atracar la oficina sería a finales de mes. Por entonces las principales empresas clientes de la oficina realizaban sus ingresos para pagar la Seguridad Social y ya había llegado el dinero de las nóminas de los funcionarios y de los propios empleados de la sucursal. Desecharon la idea de atracar el furgón que transportaba el dinero para estos pagos, debido a las dificultades y el alto riesgo que conllevaba, y decidieron que el atraco se realizaría un día entre semana a media mañana, cuando algunos de los empleados hubieran salido a tomar el café.

Ernesto encontró pronto la fecha mas propicia. Mensualmente una pequeña empresa de la zona, que aún pagaba por el método tradicional del sobre, venía a por los fondos necesarios para pagar la nómina a los doce empleados con que contaba. Aunque la oficina estaba dotada de un dispensador automático de dinero, éste sólo servía para entregar cantidades pequeñas, por lo que no podía hacer entrega de una suma tan elevada como necesitaba esa empresa. Eso obligaba a abrir la cámara acorazada del banco, en la que se guardaba el dinero. Se había tratado por todos los medios de convencer al propietario de la empresa de que se adecuara a los nuevos tiempos y realizara los pagos a través de las cuentas bancarias, pero el viejo se había negado en rotundo, alegando no sé qué historias de tradiciones familiares, de demonios informáticos y cosas por el estilo. Por ello, el banco y el cliente habían convenido desde hacía años una fecha fija, el penúltimo día de cada mes, y una hora, las 10:30, para llevar a cabo la entrega del dinero. Así pues, todos los meses, el penúltimo día, un cuarto de hora antes de que llegase el empresario, Ernesto tenía que accionar el mecanismo de apertura retardada que permitiría entrar a la cámara acorazada a la hora convenida.

Era perfecto. Parecía que todo estuviera preparado para facilitarles la labor. Así pues, acordaron que sería el penúltimo día de ese mismo mes.

Ese día llegó a la oficina aparentando la tranquilidad de siempre. Repitió los saludos cotidianos y escuchó cómo se reproducían de igual forma las bromas entre los compañeros al comenzar la jornada; los clientes entraban con las mismas peticiones de todos los días, las cosas funcionaban con toda normalidad. Por ser final de mes, el trasiego de gente era algo menos de lo habitual.

A las 8:45 se acercó hasta su ventanilla una señora con un niño pequeño, que le preguntó por el director. Ernesto le respondió que no se encontraba en ese momento en la oficina.

–Pum, pum. Estás muerto.

El niño había colocado los dedos de la mano derecha a modo de un revólver y le apuntaba directamente a la cara, con la frente contraída en un gesto de fingida ira. Al principio él siguió la broma del niño cerrando los ojos y dejando caer teatralmente su cabeza sobre el mostrador.

–Carlos, deja de molestar al señor.

–Pero es que es un atraco, pum, pum, y está muerto.

–Venga, deja ya de molestar.

–Pum, pum. Estás muerto. Te he matado. Estás muerto.

La insistencia del niño en mantener la broma le creó una cierta aprensión que lo incomodó. No pudo evitar considerarlo un mal presagio. No obstante, trató de quitarle importancia y concentrarse en los detalles de lo que sucedería en las horas siguientes. La inoportuna broma del niño le serviría para recordar lo que habían ensayado: debían estar atentos a todo lo que pasara y adelantarse a cualquier imprevisto. Por fortuna, el niño y la señora se marcharon pronto.

La cadencia de clientes entrando y saliendo de su campo de visión volvieron a calmarlo. La mañana iba transcurriendo con normalidad, con absoluta normalidad, sólo que

el tiempo transcurría con exasperante lentitud. Miró el reloj. Eran las 8:58.

Hacia las nueve y cuarto llegó una pareja de jóvenes. Querían cambiar divisas, porque iban a hacer un viaje al extranjero. La oficina no disponía en ese momento de las monedas que necesitaban, así que, después de tomar los datos y de hacer la petición a la oficina central, les propuso que pasasen al día siguiente a recogerlas por esa misma ventanilla. La certeza de que los estaba engañando le hizo sentirse mal consigo mismo y ese sentimiento le generó otro malestar, el de reconocer la evidencia de que, a pesar de todo, jamás podría ser un buen atracador, que no tenía madera para ello.

Sobre las nueve y media entró una señora de edad avanzada. Era cliente de la oficina y todos los empleados sabían que era una pesada. Ernesto deseó que se dirigiese a la ventanilla que atendía Laura, pero la mujer se decidió por la de él, lo que provocó un furtivo gesto de burla de Laura. La señora venía a reclamar que en un recibo de la luz le habían cobrado una cantidad muy por encima de lo que era habitual. Ernesto le explicó que ellos se limitaban a cargar en la cuenta los recibos tal como se los enviaban las diferentes compañías y que las dudas sobre el contenido de los recibos debían resolverlas acudiendo a la compañía correspondiente o bien llamando por teléfono. Pero la señora se empeñó en que el fallo debía estar en los ordenadores del banco, que hacía cosa de un mes ya había tenido otro fallo parecido, esta vez con el teléfono y que, aquella vez sí, había sido su hija, que se había echado un novio extranjero y no paraba de hablar con él, fíjese usted, a Múnich, nada menos, pero que eso no podía ser ahora, que lo de la luz ella sabía muy bien cuándo se encendía y cuándo se apagaba la luz en su casa y que no podía ser que en dos meses se hubiese gastado tanto, un dineral, vamos, fíjese usted, que sí, que a ella le gustaba mucho tener la televisión encendida todo el día, pero que eso no era razón, que era un disparate lo que le habían cobrado, y que los de la compañía de la luz eran unos sinvergüenzas, porque le estaban cobrando lo que les daba la gana y que ya podía una reclamar, que nadie hacía caso, y que no sé qué hacía el gobierno que no hacía nada, y que perdonase por hacerle perder tanto tiempo, pero es que no había derecho a que siempre acabaran pagando los de siempre, los pobres, los que no tenían ni voz ni voto, los que sólo tienen derecho a protestar, y que el hilo siempre se rompía por lo más delgado, bien lo sabía ella, y que daba igual quién mandase, que al final siempre eran los mismos los que se llevaban los cuartos, unos mangantes, se lo digo yo.

Ernesto la interrumpió y le propuso que solucionase el problema directamente en la compañía eléctrica. La señora le dijo que sí, que bueno, que estaba bien y se disponía a salir cuando recordó que, oiga, ya que estaba allí, que quería enterarse de no sé qué de unos regalos que el banco estaba haciendo a los clientes, que ella se lo había oído a una vecina del segundo, que hay que ver qué poca delicadeza tenía el banco con ella, una clienta de toda la vida, que todos los meses recibía su pensión en su cartilla y que nunca le habían dicho nada de regalos ni nada de nada. Ernesto le recitó mecánicamente el funcionamiento del sistema *Regalo × Ahorro,* "una nueva modalidad, absolutamente gratuita, gentileza del Banco de Nuevas Iniciativas, su banco amigo, de premiar la fidelidad de su selecta clientela, cuyo funcionamiento resulta tan sencillo y tan cómodo para el cliente: por el simple hecho de mantener durante doce meses sus ahorros en una de nuestras libretas, el cliente va acumulando puntos de forma automática, con lo que, al cabo de un tiempo, puede obtener la cantidad de puntos necesaria para canjearlos por cualquiera de los muchos e interesantes regalos que se ofrecen". La señora le pidió a Ernesto que le diera el folleto en el que estaban todos los regalos y le agradeció la información pero dijo que no estaba del todo conforme, porque ella sabía, lo sabía bien, que en el fondo lo que quería el banco era que ellos dejaran allí su dinero durante mucho más tiempo, y que menudos eran los del banco, que no dan nada gratis, bien lo sabía ella, y que hay que ver lo bonita que era la radio que aparecía en la revista, y lo elegante que parecía la vajilla, y lo bien que le podía venir a su hijo esa bicicleta de montaña de manillar dorado, pero que anda que no se necesitaban puntos para conseguirla, y que ya lo estaba viendo ella, que todo era una engañifa, y que se iba, que se le hacía muy tarde, que ya estaba bien de charla, que tenía que preparar la comida, que estaba una todo el santo día como una esclava y total para qué. Ernesto no respiró del todo hasta que no vio cómo la gruesa figura de la mujer se perdía en la calle tras los cristales de la puerta de entrada. Eran casi las diez y cuarto de la mañana.

Su compañera Laura y otros tres empleados de la oficina habían salido hacía unos minutos a tomar el café. Hizo una seña al vigilante de seguridad, que se encontraba cerca de la puerta, para que se aproximase hacia la zona de la caja fuerte. Ernesto se acercó hasta el mecanismo que ponía en marcha la apertura de la misma y regresó a su puesto.

A las 10:25 entró el dueño de empresa que había de sacar el dinero para sus empleados. Cinco minutos más tarde, la puerta de la cámara acorazada emitía un zumbido, como si se quejase por estar abierta, mientras una hilera de lucecitas indicaba en la pantalla de control de apertura que todo se desarrollaba de acuerdo con lo previsto. En la oficina sólo había nueve personas: tres clientes, atendidos por tres compañeros suyos, y el director de la sucursal, el guardia de seguridad y él.

A las 10:32, tal como lo habían planeado, hacía su entrada en la sucursal Lucía Alameda, con unas grandes gafas de sol y con la cabeza agachada para no ser reconocida por las cámaras de grabación permanente que vigilaban la oficina. Llevaba una cazadora en uno de cuyos bolsillos un ojo atento podría haber adivinado el bulto de un arma. Detrás de ella, entraba también un hombre joven. Ernesto pensó en la mala suerte de este cliente de última hora, que se iba a encontrar, sin quererlo, en una situación muy comprometida. Pero él sabía que no había nada de qué preocuparse: Lucía y él tenían todo previsto.

8. Imprevistos y sorpresas

Como habían ensayado, Lucía se aproximó con rapidez hasta donde se encontraba el guardia de seguridad y, sin darle tiempo a reaccionar, lo encañonó con su revólver y lo desarmó. Gritó con una voz tan aguda que a Ernesto, a pesar de que esperaba justo las palabras que ella pronunció, le resultó un sonido demasiado estridente, un grito que rompía el ambiente de sonidos apagados de la oficina.

–¡Esto es un atraco! ¡Que nadie se ponga nervioso y todo saldrá bien! Vamos a estar un ratito juntos. Todos al suelo. Tú, cierra la puerta de la oficina.

Se dirigía al subdirector, encargado de la llave de la puerta principal. Sus palabras iban acompañadas de rápidos giros del cuerpo y de la mano que empuñaba el revólver. Tomados por sorpresa, los rostros de los que estaban en el interior del banco expresaban la incredulidad del que se encuentra en una situación que le resulta completamente ajena y se resiste a creerla. A pesar de los gritos de Ala, en un primer instante nadie se movía, aturdido por la sorpresa. Ernesto temió que Lucía se pusiera nerviosa. No obstante, la urgencia de las palabras de Ala y la certidumbre del peligro comenzaron a hacer que poco a poco empezaran a reaccionar todos. El director de la oficina salió de su despacho y, aunque en su voz se notaban los primeros estragos del miedo y de la sorpresa, trató de asumir la responsabilidad que se esperaba de él en situaciones como ésta.

–Tranquila, tranquila. Te vamos a dar todo lo que pidas. Ten tranquilidad. No pierdas la calma. Lo importante es que nadie resulte herido. Y ustedes, hagan todo lo que les piden. Échense todos al suelo, por favor.

–Vamos, joder, ¿es que no habéis oído? Al suelo todos.

Quien ahora gritaba era el hombre que acababa de entrar con Ala. Ernesto quedó totalmente desconcertado ante esta nueva situación. El hombre, que ocultaba a medias su rostro tras una bufanda, empuñaba con firmeza el revólver del guardia de seguridad que le había entregado Lucía. En su muñeca se marcaba profundamente el surco de una cicatriz. Ernesto trató de recordar dónde lo había visto antes. Sí, ahora lo reconocía, era el mendigo borracho que acompañaba a Lucía la noche que se encontraron en la calle semioscura. Era el Nano. Pero ¿cómo era posible? Lucía no le había vuelto a hablar de él, no habían contado con él para nada. No podía ser. Lucía no podía haberlo engañado. El atraco no podía salir bien si no estaba todo completamente controlado. ¿Cómo era posible?

–Que nadie se mueva y no habrá problemas. No queremos hacer daño a nadie, pero no nos importa cargarnos al primero que trate de pasarse de listo. Tú, mete todo lo que haya ahí dentro en esta bolsa, deprisa.

La voz que ahora se escuchaba era de nuevo la de Ala, que se dirigía a él. Las palabras le resultaron familiares de nuevo pero, a la vez, muy nuevas. Eran las palabras que habían ensayado, pero de su voz había desaparecido todo rastro de ternura. Ahora era una voz seca y distante, acompañada de una mirada perdida, imperiosa, urgente, que le ordenaba y que le impedía cualquier posibilidad de acercamiento. Ernesto trató de hacerle un gesto que le permitiera entender lo que estaba sucediendo, pero los ojos de ella lo esquivaron, atenta sólo a cualquier movimiento extraño que pudieran hacer los rehenes. El espíritu práctico de Ernesto se esforzó en poner orden en la confusión en que se encontraba su mente. Aunque la presencia de ese individuo con el que no contaba lo había desconcertado, trató de ajustarse a los detalles del plan. Como habían previsto, ante la orden de sacar el dinero, él debería dirigir una mirada al director de la oficina solicitando autorización para acceder a lo que se le pedía. El director, como si aún tuviera alguna autoridad en esa situación, hizo un gesto en dirección a la caja fuerte que significaba que autorizaba a Ernesto a entrar.

–Vamos, muévete más rápido. ¿Es que no has oído a mi colega? Date prisa si quieres seguir contándolo.

Ahora era la voz del Nano la que le ordenaba. Parecía mucho más peligroso que ella. Notó cómo un acceso de ira le encendía el pecho, pero se contuvo. Se preguntó si sabría el Nano que también él estaba en el atraco, si sabía que no eran dos, sino tres. Mientras abría la bolsa y metía el dinero en su interior, trató de nuevo de entender el comportamiento de Ala, de justificar su acción. Pensó que tal vez no hubiese podido avisarlo, que quizá el Nano y ella se habían encontrado por casualidad y ella se había decidido a contarle sus operaciones. Tal vez a última hora ella hubiese considerado que era mejor que actuasen tres, especialmente si uno de ellos, él, era un inexperto. En cualquier caso, lo mejor sería seguir actuando y comportándose según el plan trazado. Habría tiempo para las explicaciones cuando todo hubiera acabado.

Estos pensamientos le permitieron hacerse dueño de sí mismo y concentrarse nuevamente en la situación. Como en un ensayo de teatro, haber preparado todos los detalles le permitía saber de antemano lo que iría sucediendo en cada momento. En teoría, todo debería haber acabado en pocos minutos más. El plan de fuga que habían preparado los dos era sencillo: una vez conseguido el dinero, ella retendría en la oficina del director a todos los demás y secuestraría a Ernesto, instando a todos a que no la persiguieran bajo amenazas de quitar la vida al rehén. De esta forma podrían salir impunemente los dos y dirigirse rápidamente al aeropuerto. En el trayecto se cambiarían de traje, se desharían de las armas y esconderían el dinero en unas maletas preparadas al efecto. En el aeropuerto tomarían un avión hacia un país extranjero. Se dijo a sí mismo que los planes no habrían cambiado: simplemente había que añadir un nuevo compañero de viaje.

Ahora sólo debía preocuparse de los imprevistos. Aceptada la inesperada presencia del Nano, debía estar especialmente atento a las reacciones de los clientes. Temía sobre todo la del dueño de la empresa que había venido a retirar el dinero. Sabía que tenía un corazón débil y que la pérdida de una cantidad tan grande de dinero, unido a lo elevado de su edad, podría ocasionar cualquier contratiempo. Pero, pasado el primer momento de confusión, no parecía que nadie estuviese perdiendo la calma. Con un poco de suerte, dentro de poco todo habría acabado.

–Tú, cuenta la pasta.

El tono con que el Nano se dirigió a él lo volvió a molestar profundamente. Además, ¿qué necesidad había de contar ahora el dinero? Ya habría tiempo cuando estuvieran fuera del banco, cuando estuvieran a salvo en algún lugar seguro. ¿O es que no sabía el Nano que eso debía hacerse más tarde? No podía ser que Lucía no le hubiese puesto al corriente de todo. En cualquier caso, no le gustaba absolutamente nada la actitud del Nano.

–Creo que hay más de sesenta mil euros.

–¿Cuánto? ¿Sesenta mil? Eso no es nada. Joder, yo contaba por lo menos con el doble. Joder, tenemos que limpiar las cajas de seguridad.

¿Estaba loco? Abrir las cajas de seguridad del banco podría llevarlos más de media hora. Eso los iba a retrasar y podía dar al traste con todo el plan. Lucía debía hacer algo. Vio cómo ella se dirigía a él.

–Es bastante pasta, tío. No podemos entretenernos más. Venga déjalo.

–No, tía. Estamos aquí y no vamos a dejar pasar la oportunidad, porque no vamos a tener otra. Hay que llevarse todo lo que hay, no vamos a dejar nada, lo vamos a limpiar todo.

–Oye, ya tenemos suficiente. Con la pasta de las bolsas podemos vivir tranquilamente los dos durante una buena temporada.

Las palabras de Lucía volvieron a adquirir un sonido irreal en la cabeza de Ernesto. ¿Qué había dicho? Había hablado de los dos, pero ¿a qué se refería? No podía ser. Debía de haber entendido mal. Parecía evidente ahora que hablaba del Nano y de ella, pero Ernesto se negaba a aceptar que Lucía pudiese traicionarlo. De nuevo interrogó a Lucía con una mirada suplicante reclamando una explicación, pero ella lo esquivaba, atenta ahora al comportamiento del Nano y tratando de que entrase en razón.

A la entrada de la oficina un hombre empujaba la puerta tratando de entrar, pero debió darse cuenta de que algo extraño ocurría en el interior, porque echó a correr rápidamente. Ala y el Nano lo habían visto y presintieron que podría avisar a la policía. Ernesto notó que el Nano se estaba poniendo cada vez más nervioso, lo que contrastaba con la actitud mucho más fría, más calculadora de Ala.

—Vámonos, tío. Ya está bien. Tenemos que pirarnos. Dentro de nada esto estará rodeado de maderos. Tenemos que darnos prisa. Venga, tío, no seas imbécil.

9. Un héroe

El insulto pareció actuar como un resorte en el Nano. Sus ojos se endurecieron con furia y su mano se crispó apretando con dureza la pistola que llevaba. La cicatriz de la muñeca se transformó en una línea intensamente blanca que subrayaba la tensión del brazo. Se acercó hasta donde estaba ella. Con un golpe seco desvió el arma de Lucía hacia el techo para evitar que ella pudiera hacerle frente, le puso el revólver en un costado y la desarmó.

–Vale, tía. A ver si te enteras de quién es aquí el imbécil. Tú y yo hace tiempo que hemos dejado de ser socios. ¿Qué pensabas, que después de haberme estado engañando durante todo este tiempo iba a seguir contigo?

De pronto, el aire de la oficina se había densificado hasta convertirse en una pesada capa de angustia. La respiración de los que estaban en la oficina se paralizó durante unos segundos. Los clientes, atrapados en esta escena de celos imprevista, asistían como aterrados espectadores a la irreal situación. Quizá por efecto de esta sorpresa permanecían petrificados y, a pesar de que los atracadores apenas prestaban atención ahora a lo que sucedía a su alrededor, nadie se atrevía a moverse. El Nano apuntaba directamente a Lucía. Ernesto vio cómo en la cara de Ala el estupor daba paso a un sentimiento de rabia y de dolor. Vio cómo todo el rostro de ella se contraía, como herido por el filo del golpe traicionero, mientras los dientes mordían con furia el labio inferior para evitar estallar en sollozos. Como tantas veces había ocurrido en los cines, vio también cómo trataba de contener el llanto que amenazaba con desbordarse de sus ojos, más bellos en esos momentos que nunca.

–Vamos, Nano, déjate de tonterías. No puedes hacerme esto. Hemos empezado juntos y vamos a seguir juntos. Tú sabes que para mí no hay nadie más que tú.

–Cierra el pico. Lo nuestro terminó aquella noche en que decidiste irte con aquel tipo. Aquí tenía que estar él ahora y que yo pudiera echármelo a la cara. Íbamos a ver si ahora también te ibas con él, como entonces.

–Pero, Nano. Tú sabes que todo aquello no fue nada. Que estaba preparando todo esto, para ti y para mí. Por eso fui a buscarte ayer, Nano, y por eso te conté lo que tenía pensado para hoy.

–Maldita sea, pero tú te fuiste con él y yo me quedé tirado toda la noche. Y tú te fuiste a dormir en una buena cama, mientras que el Nano se pudría debajo del puente. Tía, al Nano no se la juega nadie. El que se la hace al Nano, se la paga.

–¡Nano!

Ernesto, cargado con las dos bolsas de dinero, oyó la voz quebrada de Lucía. Las palabras que habían salido de la boca de Ala y las lágrimas que ya no había podido contener se habían convertido en puntiagudos berbiquíes que se hundían lentamente en su alma y lo iban desgarrando por dentro. Lucía había consumado la traición: lo había usado, se había servido de él. Sintió deseos de gritar, de estallar, de vengarse de ella, y sólo el temor de que un movimiento suyo desencadenase una reacción violenta del Nano y pudiese ocasionar alguna muerte lo mantuvo quieto.

–O sea, que ya lo sabes, tía. Tú te quedas aquí, ¡y que te pudras! Al Nano no lo torea nadie: busca ahora a tu amiguito, si puedes, y que él te saque de ésta.

–¡Nano!

La voz de Lucía se quebró de nuevo en la garganta. Ernesto oyó cómo el Nano se dirigía a él y le ordenaba moverse. Sintió miedo por él y por Ala, que quedaba dentro de la oficina.

–Vamos, tú, sal delante de mí. Y cuidadito con lo que haces.

Evidentemente, el Nano no lo relacionaba con Lucía, y Ernesto, a pesar del dolor que la confesión de Ala le había producido, no pudo evitar una nueva disculpa ya que, al menos, no lo había traicionado por completo. Se había servido de él, era cierto, pero no había querido que soportase la humillación de que el Nano pudiera ridiculizarlo o causarle otros daños más graves.

Se dirigieron hacia la salida, Ernesto sujeto por el cuello por la mano tensa y nerviosa del Nano, que encañonaba con la otra mano a los que quedaban dentro. Estaban llegando a la puerta de entrada. En el preciso instante en que el Nano se dio la vuelta para salir, Lucía se abalanzó hacia él. Un disparo atronó el interior del edificio y todo el cuerpo de Ernesto se contrajo durante unas décimas de segundo a consecuencia del impacto. Cuando volvió a abrir los ojos pudo ver cómo el pecho de Lucía se iba inundando de sangre mientras caía lentamente al suelo.

Ernesto contempló la escena como si estuviese ocurriendo en una película a cámara lenta. Los ojos desencajados de Lucía, tratando de explicarse lo que ya jamás tendría explicación, tratando de comprender lo que había comprendido perfectamente pero se negaba a aceptar. El mechón de pelo que daba su último y estéril vuelo por el aire, ya inútil para siempre. La boca contraída, desencajada en la articulación de un grito tan agudo que no produjo sonido alguno y quedó atrapado en la laringe, estremeciendo y tensando todos los músculos del cuello, luchando por abrirse paso y estallar. Los brazos extendidos al aire en un imposible abrazo tendido hacia la nada, en un último intento desesperado de aferrarse a él, en torno a él, contra él, en contra de él. El pecho, ese mismo pecho en el que tal vez la bala pudo entrar fácilmente porque ya estaba horadado antes por otra herida más letal, estampado por una creciente flor roja de sangre por la que la vida se escapaba a borbotones, inundando el suelo enmoquetado y ensuciando de negras manchas el cajero automático, sobre el que cayó. Las piernas desarticuladas, incapaces de sostener el dolor físico y el dolor de alma, dobladas poco a poco hasta acabar diseminadas por el suelo en una inverosímil postura.

—¡Alaaaaa!

El grito de Ernesto al verla caer abatida se produjo con la misma rapidez con que se abalanzó contra el Nano. Con la fuerza de quien sabe que ya todo está perdido, que no le queda nada, que ya no puede arriesgar nada porque el último trozo de uno mismo yace ante él, inerte, muerto, acabado para siempre, descargó toda la furia que llevaba conteniendo durante tanto tiempo. Su cuerpo enfurecido chocó contra el cuerpo del atracador con toda la violencia de que era capaz. La reacción pilló desprevenido al Nano que, aunque se defendió propinándole un fuerte golpe con el revés del puño en el rostro, no pudo evitar caer al suelo ni que el arma se le escapase de las manos. Inmediatamente trató de sacar el otro revólver, el que había arrebatado a Lucía, pero para entonces el guardia de seguridad había reaccionado adueñándose del arma que rodaba por el suelo. Sonaron simultáneamente otro disparo y el grito de dolor del Nano, que se retorcía apretándose con las manos la tripa mientras por entre sus dedos se escapaba un chorro de sangre que caía al suelo formando un charco denso y negro. La bala le había perforado el estómago.

UN HÉROE

Minutos después sonaban en la calle las sirenas de los primeros coches de policía y después la oficina se llenó de agentes, de periodistas y de curiosos. A Ernesto trataron de trasladarlo al hospital, pero él se negó a levantarse del suelo desde donde miraba ensimismado, ausente, el cuerpo muerto de Lucía. Era cierto que lo había engañado una vez, que le había vuelto a fallar, que lo había utilizado como un niño se sirve de un muñeco. Era cierto que la herida que ahora le había ocasionado no podría volver a cerrarse tal vez nunca más. ¡Pero seguía estando tan hermosa! Era ella, seguía siendo Ala, seguía siendo su Ala, la única persona por la que había merecido la pena vivir. Y ya no volvería a estar con ella. Todo había terminado. Quería entender qué había sucedido, quería preguntar a Ala qué le había faltado con él, en qué había fallado, en qué se había equivocado. Y ella estaba allí inmóvil, callada, muerta, muerta, muerta.

Cuando las ambulancias se llevaron el cuerpo exánime de Lucía y el cuerpo malherido del Nano, él abandonó el banco en silencio. Como un sonámbulo, los pasos dirigidos sin su voluntad lo encaminaron hasta una sala de cine, a una sesión matinal en la que proyectaban un melodrama. Mientras sonaba la música y las imágenes iban desgranándose en la pantalla, él se mantuvo inmóvil mirando hacia el asiento vacío de su derecha, contemplando un rostro inexistente al que las luces y las sombras ya no volverían a modificar jamás.

Al día siguiente los periodistas que vinieron a entrevistarlo lo informaron de la muerte del Nano. No tuvo que aclarar nada, porque ellos ya tenían preparada su versión desde antes de que él pudiera decir algo. Su acción de celos, de despecho, de frustración, de rabia contra Lucía y contra el Nano, se interpretó como un acto de valentía, de arrojo, de eficiencia de empleado en defensa de su empresa. También se malinterpretó su grito desesperado llamando a Ala, en el que los periodistas sólo reconocieron una vulgar exclamación de asombro. Aunque era poco probable que alguien se acordara de los detalles de la conversación entre los dos atracadores muertos, en ella no se había mencionado nunca su nombre. Nadie sospechaba de él. Nadie lo relacionaría ya nunca con el Nano. Ya nadie, nunca, volvería a poner juntos a Ernesto Gómez Villaverde, Verde, y a Lucía Alameda, Ala.

Lo demás, el artículo en el banco, las palabras de elogio, las alabanzas de los compañeros, las palmaditas de ánimo de los directivos, las miradas de asombro de los clientes, la admiración de los niños no eran más que eso: un error, un tremendo y trágico error. Una equivocación que ya sería para siempre eterna compañera suya.

Y después de lo que había pasado, ¿qué podía esperar ya?, ¿qué podía hacer sino volver a vivir en esa muerte lenta y monótona que había sido su vida antes de su reencuentro con Lucía? ¿Y qué mejor modo de morir esa nueva vida futura que volviendo a vivir la vida vegetal de la rutina eterna? Él sabía con certeza que carecía del valor necesario para tomar una decisión que rompiese el nudo de su existencia. Por eso había decidido regresar al mismo puesto de trabajo. Esconderse tras las mismas estúpidas palabras desde la misma estúpida ventanilla ante la que se asomaban los mismos estúpidos rostros y mostrar la misma estúpida sonrisa, pero siempre en el mismo puesto en el que estaba cuando encontró a Lucía. Por eso había renunciado a cualquier ascenso en el trabajo si eso suponía tener que dejar su ventanilla, desde donde se divisaban el cajero automático, sobre el que aún seguía viendo las manchas de sangre de Lucía, y el punto exacto del suelo que su cuerpo había ocupado por última vez. Acercarse hasta ese lugar cada mañana era ya lo único que podía hacer por ella y estaba dispuesto a no defraudarla esta vez.

Ejercicios de comprensión

Capítulo 1

1 ¿Verdadero o falso?

a) Ernesto trabaja en el Banco de Nuevas Iniciativas.

b) Atiende a los clientes en una mesa.

c) Es uno de los directivos del banco.

d) Su compañera se llama Laura.

e) La foto de Ernesto ha aparecido en la televisión.

f) A Ernesto le gustaba que los clientes se acercaran al banco para conocerlo.

2 Enumera todas las peticiones que los clientes hacen a Ernesto en su trabajo en el banco.

Capítulo 2

1 Escribe la lista de acciones diarias de Ernesto indicando la hora a la que las realiza.

2 ¿Qué películas le gustan? ¿Qué aspectos del cine moderno lo molestan?

3 ¿Cómo lo llama Lucía cuando se encuentra con él? ¿Por qué lo llama así? ¿Qué relación había entre Ernesto y Lucía Alameda?

Capítulo 3

1 Completa:

a) Lucía reconoció a Ernesto por…

EJERCICIOS DE COMPRENSIÓN

b) El Nano era…

c) El pelo de Lucía era… y tenía…

d) Lucía había trabajado en…

e) Lucía vive en…

2 Cita algunos recuerdos de la infancia de Ernesto y Lucía.

Capítulo 4

Responde:

a) ¿Se marchó apresuradamente Ernesto esa mañana? ¿Por qué?

b) ¿En qué iba pensando durante el trayecto en metro?

c) ¿Cómo interpreta cada una de las peticiones de los clientes?

d) ¿Qué le sucede a Ernesto cuando está revisando los cambios de divisas?

e) ¿Cómo encuentra la casa?

f) ¿Qué ha pasado con el dinero?

Capítulo 5

Relaciona:

a) Ernesto se dirigía	**1)** acostumbraban a ir al cine
b) Hablaban	**2)** inmediatamente a su casa a la salida del trabajo
c) Por las tardes	**3)** mucho del trabajo en la oficina
d) Los fines de semana	**4)** pidió dinero a Ernesto
e) Lucía	**5)** se dedicaban a viajar
f) Los ordenadores	**6)** se convirtieron en una afición de Lucía

EJERCICIOS DE COMPRENSIÓN

Capítulo 6

1 Resume brevemente el procedimiento que había seguido el empleado americano para enriquecerse.

2 Cuenta algún caso de estafa o timo que tú conozcas.

3 ¿Qué había comprado Lucía con el dinero que le había dado Ernesto?

4 ¿Por qué decide Ernesto acompañar a Lucía en el atraco al banco?

Capítulo 7

¿Verdadero o falso?

a) A Ernesto le gustaba sentirse dominado por Lucía.

b) Los protagonistas consideran que la mejor fecha para el atraco sería a principios de mes.

c) El día del atraco Ernesto atiende a una mujer con un niño, una pareja de jóvenes y un señor mayor.

d) Lucía llegó puntual.

Capítulo 8

Relaciona:

a) Ernesto no sabía 2   1) habían planeado escapar juntos
b) El dinero 4   2) que el Nano participaba en el atraco
c) La huida 5   3) que era poco dinero el que obtenían
d) Al Nano le pareció 3   4) se guardó en dos bolsas
e) El Nano y Lucía 1   5) se haría a través del aeropuerto

Capítulo 9

Completa las frases:

a) El Nano se sintió engañado por Lucía porque…
b) Lucía murió a causa de…
c) La reacción de Ernesto fue…
d) El guardia de seguridad…

Ejercicios
de gramática

1 Escribe un determinante y un adjetivo adecuados para cada uno de los siguientes sustantivos (todos ellos del capítulo 2).

Ej.: *ese sentimiento agradable*

.... timidez ....

.... necesidad ....

.... soledad ....

.... azar ....

.... subdirector ....

.... rutina ....

.... sobresalto ....

.... pijama ....

.... compra ....

.... visita ....

2 Transforma el siguiente fragmento del texto, narrado en pasado, primero en una narración en presente y después en futuro.

Al día siguiente los periodistas que vinieron a entrevistarlo lo informaron de la muerte del Nano. No tuvo que aclarar nada, porque ellos ya tenían preparada su versión desde antes de que él pudiera decir algo. Su acción de celos, de despecho, de frustración, de rabia contra Lucía y contra el Nano, se interpretó como un acto de valentía, de arrojo, de eficiencia de empleado en defensa de su empresa. También se malinterpretó su grito desesperado llamando a Ala, en el que los periodistas sólo reconocieron una vulgar exclamación de asombro.

a) Narración en presente:

Al día siguiente los periodistas que vienen a entrevistarlo lo .... de la muerte del Nano. No .... que aclarar nada, porque ellos ya .... preparada su versión desde antes de que él .... decir algo. Su acción de celos, de despecho, de frustración, de rabia contra Lucía y contra el Nano, se .... como un acto de valentía, de arrojo, de eficiencia de empleado en defensa de su empresa. También .... su grito desesperado llamando a Ala, en el que los periodistas sólo .... una vulgar exclamación de asombro.

b) Narración en futuro:

Al día siguiente los periodistas que vendrán a entrevistarlo lo .... de la muerte del Nano. No .... que aclarar nada, porque ellos ya .... preparada su versión desde antes de que él .... decir algo. Su acción de celos, de despecho, de frustración, de rabia contra Lucía y contra el Nano, se .... como un acto de valentía, de arrojo, de eficiencia de empleado en defensa de su empresa. También se .... su grito desesperado llamando a Ala, en el que los periodistas sólo .... una vulgar exclamación de asombro.

3 Recuerda la diferencia entre el estilo directo y el indirecto:

Estilo directo
Ernesto preguntó a Ala:
–¿Dónde vives?
Estilo indirecto
Ernesto preguntó a Ala dónde vivía.

■ Transforma el estilo indirecto de este texto en otro en estilo directo:

Ernesto le explicó que ellos se limitaban a cargar en la cuenta los recibos tal como se los enviaban las diferentes compañías y que las dudas sobre el contenido de los recibos debían resolverlas acudiendo a la compañía correspondiente o bien llamando por teléfono. Pero la señora se empeñó en que el fallo debía estar en los ordenadores del banco, que hacía cosa de un mes ya había tenido otro fallo parecido, esta vez con el teléfono y que, aquella vez sí, había sido su hija, que se había echado un novio extranjero y no paraba de hablar con él, fíjese usted, a Múnich, nada menos, pero que eso no podía ser ahora, que lo de la luz ella sabía muy bien cuándo se encendía y cuándo se apagaba la luz en su casa y que no podía ser que en dos meses se hubiese gastado tanto, un dineral, vamos.

Ejercicios de léxico

1 Escribe una frase con cada uno de los sinónimos de *golpe* que aparecen en el siguiente fragmento:

Se dedicaba durante la hora y media de la película a lanzar puñetazos, patadas, porrazos, trompadas, mamporros y toda clase de golpes.

2 Fíjate en el valor de los diminutivos en las siguientes frases y explica la diferencia entre estas expresiones:

a) *tener cuidadito* y *tener cuidado*

b) *dar un paseo* y *dar un paseíto*

c) *los amigos* y *los amiguitos*

3 Relaciona las expresiones de registro formal con los correspondientes de registro jergal:

Registro formal	Registro jergal
a) Se marcharon porque venía la policía.	1) Es chachi tener colegas.
b) Me extrañó que tuviera tanta suerte y ganase tanto dinero en su trabajo.	2) Se abrieron porque venían los maderos.
c) Es muy bueno tener amigos.	3) Tus coleguis son plastas que no veas.
d) Tus amigos son excesivamente pesados.	4) Me escamó que tuviera tanta potra y ganase tanta pasta en su curro.

4 Explica el significado de las siguientes oraciones consultando el vocabulario del apéndice I si es necesario:

a) El fin de semana pasado fue muy chungo pero el anterior fue "dabuten".

EJERCICIOS DE LÉXICO

b) A mí no me torea nadie.//
c) No me queda nada de pasta.//
d) Esto es chachi.

5 Busca en esta sopa de letras cinco palabras que estén relacionadas con la banca.

X	F	L	O	S	I	A	D	E	S
A	F	G	H	R	K	D	L	O	Ñ
I	Z	X	V	N	D	A	A	D	I
D	Y	S	X	C	I	F	J	A	L
R	C	A	J	E	R	O	P	R	A
A	C	Ñ	O	K	E	U	S	E	S
U	Q	F	T	Y	C	L	P	D	Z
G	E	R	E	N	T	E	V	O	E
Z	S	D	F	R	O	P	U	P	L
A	S	I	A	D	R	T	L	A	O

1. Completa el cuadro indicando si estas palabras y expresiones aparecen o no en el texto.

	No	Sí	En el capítulo
entidad			
sucursal			
cuenta a la vista			
giro			
transferencia			
titular de la libreta			
abonar			
préstamo personal			
extender un cheque			
talonario			

2. Relaciona los diferentes conceptos con su significado:

a) dinero metálico
b) a plazos
c) calderilla
d) dinero de plástico
e) al contado

1) dinero en monedas o en billetes
2) pago en el momento de realizar la compra
3) pago que se hace con posterioridad a la compra
4) dinero suelto
5) tarjetas de crédito

3. Vuelve a leer, en el capítulo 4, las conversaciones de Ernesto con los clientes del banco. Explica los siguientes términos teniendo en cuenta su significado en el lenguaje común y su uso como tecnicismo.

[fondo, bolsa, valor, interés, talón, conformar]

CLAVES

CLAVES

EJERCICIOS DE COMPRENSIÓN

Capítulo 1

1

a) V; b) F; c) F; d) V; e) F; f) F.

2

Sacar dinero, contratar un fondo de pensiones, abrir una cuenta, actualizar o poner al día la libreta, informarse sobre préstamos, cobrar un cheque.

Capítulo 2

1

Ducharse (7:00), desayunar (7:15), salir de casa (7:45), entrar al banco (8:30), comer (14:45), pasear (17:00), ir al cine (19:00), ver la TV (22:00).

2

Le gustan las películas de todo tipo, pero prefiere las de acción.
Del cine moderno le molestan el exceso de violencia y los títulos.

3

Lucía lo llama Verde, porque era el nombre con el que lo llamaba en el colegio.
Lucía y Ernesto eran compañeros del colegio cuando eran adolescentes.

Capítulo 3

1

a) por el empleo de la interjección *¡contra!*;
b) un amigo de Lucía;
c) castaño y tenía un mechón rizado;
d) un almacén de fruta;
e) cualquier parte, donde puede.

2

Acudían juntos al colegio; Ernesto le puso el mote de Ala a Lucía; Ernesto entraba en la sala de profesores para robar exámenes; casi se dieron un beso por accidente en la clase de gimnasia; se tuvieron que besar en el juego de las prendas.

Capítulo 4

a) Sí, porque no oyó el despertador.
b) Pensaba en las horas que acababa de pasar con Lucía.
c) Relaciona cada petición con un deseo referido a Lucía.
d) Cree que se ha equivocado y que Lucía lo va a engañar.
e) Está todo en orden.
f) Falta en la mesilla, pero después Ala explica que lo ha cogido para comprar algunas cosas.

Capítulo 5

a) 2; b) 3; c) 1; d) 5; e) 4; f) 6.

CLAVES

Capítulo 6

1

El estafador ajustaba los céntimos de dólar y desviaba el resultado de los ajustes a su cuenta.

2

Respuesta libre.

3

Una pistola.

4

Porque no quería que Lucía se volviera a marchar.

Capítulo 7

a) V; b) F; c) F; c) V.

Capítulo 8

a) 2; b) 4; c) 5; d) 3; e) 1.

Capítulo 9

a) porque ella le había abandonado anteriormente;
b) un disparo del Nano;
c) arrojarse contra el Nano;
d) reaccionó disparando contra el atracador.

EJERCICIOS DE GRAMÁTICA

1
Posibles respuestas

una timidez insuperable
aquella necesidad urgente
la soledad deseada
el azar imprevisible
otro subdirector nuevo

la rutina eterna
aquel sobresalto repentino
su pijama cómodo
ninguna compra necesaria
la visita esperada

2

a)

*Al día siguiente los periodistas que vienen a entrevistarlo lo **informan** de la muerte del Nano. No **tiene** que aclarar nada, porque ellos ya **tienen** preparada su versión desde antes de que él **pueda** decir algo. Su acción de celos, de despecho, de frustración, de rabia contra Lucía y contra el Nano, se **interpreta** como un acto de valentía, de arrojo, de eficiencia de empleado en defensa de su empresa. También se **malinterpreta** su grito desesperado llamando a Ala, en el que los periodistas sólo **reconocen** una vulgar exclamación de asombro.*

b)

*Al día siguiente los periodistas que vendrán a entrevistarlo lo **informarán** de la muerte del Nano. No **tendrá** que aclarar nada, porque ellos ya **tendrán** preparada su versión desde antes de que él **pueda** decir algo. Su acción de celos, de despecho, de frustración, de rabia contra Lucía y contra el Nano, se **interpretará** como un acto de valentía, de arrojo, de eficiencia de empleado en defensa de su empresa. También se **malinterpretará** su grito desesperado llamando a Ala, en el que los periodistas sólo **reconocerán** una vulgar exclamación de asombro.*

CLAVES

3

Ernesto le explicó:

—Nosotros nos limitamos a cargar en la cuenta los recibos tal como nos los envían las diferentes compañías. Las dudas sobre el contenido de los recibos debe resolverlas usted acudiendo a la compañía correspondiente o bien llamando por teléfono.

Pero la señora se empeñó:

—No, no, el fallo tiene que estar en los ordenadores del banco. Hace cosa de un mes ya he tenido otro fallo parecido, esta vez con el teléfono y, aquella vez sí, había sido mi hija, que se ha echado un novio extranjero y no para de hablar con él, fíjese usted, a Múnich, nada menos, pero eso no puede ser ahora. Yo sé muy bien cuándo se enciende y cuándo se apaga la luz en mi casa y no puede ser que en dos meses se haya gastado tanto, un dineral, vamos.

EJERCICIOS DE LÉXICO

1
Posibles respuestas

El boxeador lanzó un *puñetazo* tremendo. La niña dio una *patada* al balón. Me di un *porrazo* contra la puerta de la habitación. Se chocaron los dos y se dieron una buena *trompada*. ¡Menudo *mamporro* le arrearon al salir de la discoteca!

2

a) *Tener cuidadito* se emplea como expresión de amenaza; *tener cuidado* puede ser simplemente 'prestar atención'. Así, hay que *"tener cuidado* para no tropezar con el escalón" y *"tener cuidadito* con lo que se dice".

b) *Dar un paseo* es simplemente 'caminar'; el diminutivo *paseíto* contiene un valor afectivo, y se emplea especialmente cuando el acto de pasear es frecuente.

c) *Los amigos* es la forma general, no marcada; *los amiguitos* pertenece al lenguaje infantil.

3

a) 2; b) 4; c) 1; d) 3.

4

a) El fin de semana pasado fue muy malo pero el anterior fue excelente.

b) De mí no se burla nadie.

c) No me queda nada de dinero.

d) Esto es agradable, bueno.

5

X	F	L	O	S	I	A	D	E	S
A	F	G	H	R	K	D	L	**O**	Ñ
I	Z	X	V	N	**D**	A	A	**D**	I
D	Y	S	X	C	**I**	F	J	**A**	L
R	**C**	**A**	**J**	**E**	**R**	**O**	P	**R**	A
A	C	Ñ	O	K	**E**	U	S	**E**	S
U	Q	F	T	Y	**C**	L	P	**D**	Z
G	**E**	**R**	**E**	**N**	**T**	**E**	V	**O**	E
Z	S	D	F	R	**O**	P	U	**P**	L
A	S	I	A	D	**R**	T	L	**A**	O

CLAVES

1.

	No	Sí	En el capítulo
entidad		X	1
sucursal		X	1, 5, 7
cuenta a la vista	X		
giro		X	5
transferencia		X	1, 4, 5
titular de la libreta		X	1
abonar	X		
préstamo personal		X	1
extender un cheque	X		
talonario	X		

2.
- a) 1; b) 3; c) 4; d) 5; e) 2.

3.

	Significado general	Tecnicismo
fondo	Parte inferior e interior de una cosa hueca.	Cantidad de dinero que se destina a un fin determinado.
bolsa	Recipiente o saco de tela, papel u otro material flexible para llevar o guardar cosas.	Lugar donde se reúnen los que compran y venden valores de comercio públicos y privados.
valor	Precio.	Documento que representa la cantidad de dinero prestada a una empresa o sociedad para conseguir unas ganancias.
interés	Atracción o inclinación del ánimo.	Bien material que se consigue mediante dinero.
talón	Parte posterior del pie humano.	Cheque.
conformar	1. Adaptar, ajustar. 2. Formar parte de un conjunto.	Dar validez a un talón el banco.

Apéndice I
Vocabulario jergal o coloquial

a dos velas: sin nada, especialmente sin dinero.

a mil por hora: a toda velocidad, rápidamente.

a tope: al máximo, con la máxima intensidad.

abrirse: marcharse de un lugar.

cerrar el pico: callarse.

chachi: bueno, agradable.

chollo: asunto ventajoso.

chungo: malo.

colega: amigo, compañero, cómplice. El plural puede ser *colegas* o *coleguis*.

colgado: drogado, borracho.

contarlo: vivir.

cuidadito: familiarmente, 'precaución', 'atención'. Se emplea a menudo para introducir expresiones amenazadoras.

curro: trabajo.

dabuten: muy bueno, excelente.

de coña: de broma.

descubrirse el pastel: salir a la luz un asunto, especialmente si es ilegal.

engañifa: engaño.

enrollarse: hablar en exceso; portarse bien con alguien.

escamarse: extrañarse.

forrarse: ganar mucho dinero.

guay: bueno, agradable, beneficioso para alguien.

joder: exclamación de disgusto.

la Marilyn: la actriz Marilyn Monroe. Es vulgar poner el artículo ante nombres propios.

la verdad es que: marcador textual para indicar la opinión de quien habla.

limpiar: quitar el dinero.

madero: policía.

mal rollo: asunto desagradable.

molar: gustar mucho.

montárselo: vivir bien.

pasarse de listo: equivocarse por exceso de malicia.

pasta: dinero.

pirarse: marcharse.

plasta: aplicado a una persona, 'pesado'.

potra: suerte.

que no veas: expresión intensificadora.

quién te ha visto y quién te ve: expresión que denota extrañeza ante la actitud, el comportamiento o la situación de alguien.

tener buen rollo: ser agradable.

tío: hombre, individuo.

torear: burlarse de alguien.

tronco: hombre, individuo.

Apéndice II
Vocabulario de la banca

abonar: pagar una cantidad de dinero.

actualizar la libreta o cartilla: poner al día el saldo de la cuenta.

anotación o apunte: nota por escrito en la libreta.

apertura de una cuenta: acción de abrir una cuenta bancaria.

cancelar: cerrar.

cargar: añadir un pago a una cuenta.

cartilla: libreta.

comisión: dinero que el banco cobra por prestar un servicio.

crédito: cantidad de dinero que un banco pone a disposición de un cliente.

cuenta bancaria: cantidad de dinero que una persona tiene en el banco. ~ **a la vista:** cuenta corriente; ~ **corriente:** la que registra el dinero que se tiene y permite disponer de él de forma inmediata.

cheque: papel con el que se puede retirar del banco una cantidad de dinero de la persona que lo firma. ~ **al portador:** el que cobra la persona que lo presenta en el banco; ~ **cruzado:** el que lleva en la parte posterior dos líneas e indica quién debe cobrarlo; ~ **de viaje / de viajero:** el que extiende un banco a nombre de una persona; ~ **en blanco:** el que se extiende sin indicar la cantidad de dinero; ~ **nominativo:** el que lleva el nombre de la persona que debe cobrarlo; ~ **sin fondos:** el que no puede cobrarse, por no disponer quien lo ha extendido del dinero.

chequera: conjunto de cheques.

divisa: moneda extranjera.

domiciliación de pagos: autorización para que un pago se realice a través del banco.

efectivo: dinero en monedas o en billetes.

entidad: asociación o conjunto de personas.

extender (un cheque): rellenar el formulario del cheque.

giro: dinero que se manda por correo.

ingresar (una cantidad): meter dinero en el banco.

libreta: documento que registra los movimientos que una persona realiza en el banco. ~ **de ahorro:** ídem.

movimiento u operación: cualquier entrada o salida de dinero de una cuenta.

operación: acción que se realiza con el dinero.

préstamo: cantidad de dinero que un banco presta a una persona y que debe ser devuelto en un plazo de tiempo. ~ **hipotecario:** el que se dedica a la compra de un inmueble. ~ **personal:** el que se da para dedicarlo a compras de distinto tipo, excepto a la adquisición de inmuebles.

reintegro: pago de una cantidad de dinero.

saldo: estado de una cuenta corriente, en cuanto al dinero que hay en ella.

servicios bancarios: actividades que ofrece un banco a sus clientes.

sucursal: oficina bancaria.

talón: cheque; ~ **de ventanilla:** que está garantizado por el banco.

talonario: chequera.

tarjeta de crédito: tarjeta de plástico que sirve para comprar y pagar bienes y servicios sin necesidad de llevar dinero.

titular: persona a cuyo nombre va una cuenta bancaria.

transferencia: operación que consiste en cambiar dinero de una cuenta corriente a otra.